KB169657

외로울 때 꺼내 먹는 한 끼 에세이

외로운 미식가

윤시윤 지음

답

초대장

주.의.요.망
'외로운 미식가'는 요리책이 아닙니다.

비록 요리방법은 없지만
삶에서 느끼는 여러 가지 맛이 버무려진
이야기들이 있습니다.

맛있는 삶은 아니지만
맛있는 삶을 살고 싶어 하는
모두를 위한 이야기.

상다리 부러지게 차리진 못했지만
맛있게 함께 먹어요.

이 세상 모든 '외로운 미식가'들을
초대합니다.

골라보는 메뉴

BITTERNESS - 111

마음의 허기, 흰 쌀밥 · 1+1 · 먹고싶다 · 비온다 · 마카롱 · 잠의 맛 · 추억은
용서가 된다 · 바삭바삭하게 힘들어 · 하다가 · 와인 ·
쌀밥 속의 모래알, 자존심의 맛 · 삼키다 · 식은 녹차 · 요리의 맛 · 15초 ·
부스러기 · 답답해 · 쓰디쓴 새벽공기 · 기다림, 소프트아이스크림 ·
눈물 맛 소주

HOT TASTE - 165

둔해지다 · 제조일자 · 감정 레시피 · 화력조절 · 배달사고 · 참 ·
첫 경험 · 외로운 맛, 야식 · 먹어봐야 맛을 안다 · 통통 쿡쿡 · 저기요 ·
마음, 먹기 · 참는다

UMAMI - 199

감정 다이어트 · 건널목 · 골라먹어요1 · Like a 시나몬 · 국물자국 ·
어느 여행자의 일기 · 고양이처럼 · 끄적끄적 · 2015번째 가을 ·
아는 소년 · 부담 없는 사이, 아이스 아메리카노 · 골라먹어요2

SALTINESS - 241

옆과 앞 · 쉼, 얼음 · 아무거나 · 산다는 건 픽션 · Some, 안개 ·
떫은 용기 · 라면 끓이는 천생 여자 · 딸기 · 넘치지 않는 냄비 · 뜨거
웠으면 좋겠어 · 이상한 메뉴판 · 행복하자

에필로그: Life is S3. B. H. U

9

외로운 미식가의
어느 오후

어쩌다 보니 그날은 하루 종일 밥 한 끼 못 먹었다.
시간은 어느덧 오후 다섯 시.
텅 빈 위장은 밥 달라 아우성치고 그 아우성은 점점 신경을 예민하게
만들었다. 배고플 땐 온몸의 감각이 예민해져 괜히 짜증지수가 두 배는
더 오르는 것 같다.

가장 싫어한다.
배고픔은.
음식에 대한 고픔이든
사람에 대한 고픔이든
사랑에 대한 고픔이든
그 텅 빈 공허함에 물기가 가득 찬 것처럼 괜히 서럽고 괜히 서글프다.

맛있는 한 끼를 먹고 싶다는 욕구가 저 끝에서 치밀어 오른다.

"다 먹고살자고 하는 짓인데……"

귓가에 메아리가 울린다.
그러다 발걸음은 맛있다고 소문난 일식집 앞에서 멈춘다.

"들어갈까 말까……"

한참을 망설이다 들어가지 못하고 곧 다시 걸음을 옮긴다.

그리고 눈길을 사로잡은 와플집

"저거 맛있었는데……"

침을 꼴깍 참기며 결국 또 발걸음을 옮긴다.

수제 햄버거, 즉석 떡볶이, 파스타, 팟타이, 곱창, 삼겹살, 스테이크,
츄러스....

세상엔 맛있는 게 참 많다.
특히 요즘은 맛있는 것들이 넘쳐난다.
끝없는 맛집들의 행렬에도 정처 없이 걷기만 한다.

먹고 싶은 음식이 없는 거냐고?
그럴 리가
허기가 익숙해졌냐고?
그럴 리가, 그게 아니다
허기를 억누르고 맛집들을 지나쳐 계속 걷고 있는 이유는

그 맛있는 음식들을 혼자 먹을 자신이 없기 때문이다.

혼자 밥을 먹고 있으면 쇼윈도에 앉은 광대가 된 기분이다.
웃기지도 슬프지도 않은 원맨쇼를 하는 기분.
그래서 주위에서 불쌍한 눈으로 보는 것 같은 느낌이 든다.
사실 그들은 아무 관심도 없는데 말이다.

어쩌면 하루 중 가장 행복할 수 있는 시간에 혼자 있다는 사실.
이게 견딜 수 없다.
그래서 혼자 먹는 건 아무래도 자신이 없다.

'고독한 미식가'라는 일본 드라마를 본 적이 있다.

삶의 허기를 맛있는 한 끼로 제대로 채우는 주인공의 모습을 보면서

부러워만 했다. 진짜 맛을 즐길 줄 아는 사람은 조금 고독해도

괜찮다. 하지만 혼자 음식을 먹지 못하는 나 같은 사람은 그냥 외로울

뿐이다. 가끔 맛있는 걸 함께 먹을 사람이 곁에 없을 땐 온몸을 바람이

관통하는 것처럼 시리다.

사람 많은 음식점에서 혼자 먹을 수 있는 사람이 어른이라던데 아직
어른이 되려면 한참은 먼 것 같다. 그런데 그렇게 어른이 되고 싶지는
않다.

단맛, 쓴맛, 신맛, 매운맛, 떫은맛부터 신기한 맛까지.
세상살이가 주는 삶의 맛들은 굳이 알고 싶지 않아도
내 입맛에 맞지 않는 것임에도 불구하고 하루에 몇 번씩 맛보면서
왜 맛있는 음식이 눈앞에 있는데도 당당히 음식점에 들어가질
못하는지 모르겠다.

아직 어른이 되지 못한 외로운 미식가.
맛있는 음식보단 인생의 맛을 좀 더 다양하고 실감 나게 맛보고 있는
중이다.

이렇게 밖에선 혼자 끼니 한 끼 제대로 때우지도 못하고 결국 혼자
사는 집에 돌아가 시원한 맥주 한 캔 곁들인 컵라면을 먹겠지.
이게 맛있는 음식점에서 혼자 먹는 것보다 더 처량하고 불쌍하게
여기겠지만 외로운 미식가는 생각한다.

그것도 만찬이라고 생각하면 최고의 만찬이라고.
사는 건 그런 거라고.

생각하는 것만큼 맛있는 음식을 선택해 먹을 수 있는 기회도 흔치
않고 맛있는 음식만 먹고 싶다고 먹을 수 있는 것도 아니며

보잘것없는 음식을 먹게 되는 경우가 생각보다 많으며
그런 음식이라도 맛있게 먹으면 맛있는 만찬이 될 수도 있다는거

비록 상다리 부러지는 만찬을 준비하진 못했지만

문득 삶의 맛이 궁금해질 때
문득 맛있는 삶이 고파질 때
그런데 아무에게도 누구에게도 함께하자고 말할 자신 없는
저와 같은 외로운 미식가라고 생각되면
제 앞자리가 비어 있어요.

여기 앉아 함께 맛있는 한 끼 하실래요?

SOURNESS

일상에 지쳐
신물이 올라오는
시큼한 순간들

속으로 꾹꾹
너무 오래 담아둬
시큼해진 감정들

–좋아해.
당신은 어때요?

이 말을 내뱉고
순간도 시간도 멈춰버린
이후의 시간들

그리고 돌아온
–미안해.

입안이 굳어지고
어떤 표정도
지을 수 없는 상태

레몬 한입 먹고
침샘이 돌아
그 순간을 풀어주기 전에는

아무것도 할 수 없는
아이러니 한 새콤함

수고했어,
오늘

아무도 없는 집에 들어선다.
서늘하게 가라앉은 집안 공기들이 훅~ 입안으로 들어온다.
찝찔하게 묘한 맛이 난다.
'청소를 해야 하나…?' 하는 건 아주 잠깐
옷가지들과 가방을 던져놓는다.

창문을 열어 바깥공기를 안으로 집어넣는다. 잠시 후 찝찔한 맛이
사라진다. 집안을 휘이~ 둘러본다.
여기도 나 없는 동안은 외로웠겠구나 생각한다.

창가에 놓아둔 화분의 선인장은 어제보다 더 말라있다.
햇빛을 너무 보여주지 않은 것 같아 죽어가나 그랬는데 그냥 나랑
인연이 없는가 싶다. 화분 째 종량제 봉투에 넣어버린다.
쑤셔 넣다 꺾여버린 선인장이 조금은 아파 보인다.

냉장고 문을 열어본다.

텅 빈 냉장고 칸을 보면 한숨이 저절로 나온다.

신선칸 서랍을 여니 감자와 양파에서 싹이 나고 있다.

선인장 대신 이 두 아이를 키워볼까

싱크대 설거지통에 두 아이를 담가 놓는다.

또 말라죽으면 안 되니까

생수병째 물을 들이켠다.

찬장을 열어 본다.

라면과 참치 통조림이 보인다.

왠지 오늘따라 라면 봉투가 더 꾸깃꾸깃 구겨져 있는 것 같아

안쓰럽다. 라면을 꺼내 봉투의 각을 잡아 정리한다.

침대에 누워 천정을 멍하니 바라본다.

내 방 벽지가 이런 모양이었나.. 새삼스럽다.

스르륵 눈이 감기려고 한다.

모른 체 잘까 하다 힘겹게 몸을 일으킨다.

욕실로 들어간다.

욕실의 거울과 마주 선 내가 낯설다.

표정이 꾸깃꾸깃해져 있다.

원래 내가 이런 모양이었나… 새삼스럽다.

머리에 삐죽삐죽 보이지 않는 못된 뿔이 자라고 있는 것 같다

입맛을 다시니 찝찔한 맛이 느껴진다.

피식하고 억지로 웃어본다.

그리고 거울 속 나에게 이야기한다.

수고했어. 오늘

이상한 저울

저울에 마음의 무게를 달수 있었으면.

마음의 총량 = 지금까지 쓴 마음의 무게 + 그리고 남은 마음의 무게
마음을 저울질하는 사람들이 더 편해질 세상.
마음을 아끼지 않고 다 주는 사람들이 조금 덜 아플 세상.

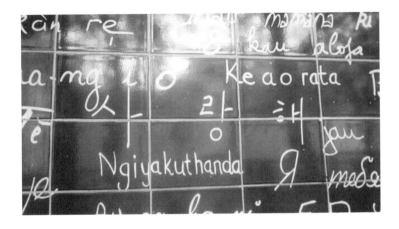

지금 당신에게 제 마음 25그램을 드릴게요. 혹시 당신이 받은 마음의
무게 중 제 마음이 제일 가볍나요? 마음 아낀다고 욕하지 말아요.
그렇다고 당신을 좋아하지 않는다고 의심하지 말아요.
그렇다고 이 사람은 아니라고 선을 긋진 말아요

왜냐하면 전에 만났던 사람에겐 20그램을 줬거든요. 근데 당신이
5그램 더 좋아요. 그리고 이제 제게 남은 마음은 5그램 밖엔 없어요.
이 말이 무슨 뜻인지 혹시 알아요?
이 말은 이제 당신보다 더 좋아하는 사람이 없을 거란 말이에요.
내 마음의 마지막 그램을 가져갈 사람이 당신이라는 말이에요.
내 마음 남은 전부를 다 주고 갖고 싶은 사람이 당신이란 말이에요.

언제나 더 많이 주면 손해 본다고 생각하는
당신과 내게 필요한
마음 거래에 등장해야 할 이상한 저울

그런 날

그런 날이 있다.
퇴근을 하고도 집에 들어가기 싫은 그런 날.

그런 날엔 집 앞 버스정류장으로 가 의자에 한참을 앉아 있는다.
그리고 지나는 사람들의 뒷모습을 본다.

사람들은 잘 모른다.
자신들의 뒷모습이 얼마나 많은 이야기를 하고 있는지를
웃으며 오는 어떤 이의 뒷모습은 사실 울고 있고
어깨가 당당한 사람의 뒷모습은 사실은 많이 움츠려 있단걸.

그리고 언젠가 보았던 너무 작아진 아빠의 뒷모습도 떠오르고
비 내리던 날 내 곁을 떠나던 누군가의 뒷모습도 떠오른다.

그렇게 지나는 사람들의 뒷모습을 보다가

고개를 돌리면 얼핏
버스정류장 유리에 비친 내 뒷모습이 보인다.

그런 날엔
내 뒷모습이 너무 초라하고 외로워 보인다.
지나는 다른 사람들보다 더

그럴 땐 나를 힘껏 안아본다.

살면서 자신의 뒷모습을 볼 기회는 거의 없다.
이렇게 가끔 내 뒷모습을 보고 꽉 껴안아 주면
기분이 나아진다.

그런 날엔.
뒷모습을 달래준다.

그럼 조금은
외롭지 않은 것 같은 기분이 든다.

그런 날엔.

토마토

그녀는 2년 조금 넘게 쓴 휴대전화를 다음날 새것으로 바꿀
예정이었다. 이미 소모품이 되어버린 전자기기를 바꾸는데 미련
따위는 없었다. 시간이 빠르게 흐르듯이 그녀 곁에 있는 것도 있다가
사라지는 거라고 생각한지 오래였다.
서른하고도 다섯 해를 넘기면서 그녀는 있다가 사라지는 것에 대해
미련을 두지 않기로 했다. 물건도 그리고 사람도.

그런데 이날 밤은 왠지 모르게 섭섭했다.
"이게 뭐라고…"

늘 그랬던 것처럼 알람을 맞춰놓고 머리맡에 두었다. 잠을 청하며
눈을 감았다 곧 다시 떴다. 어둠 속 머리맡 베개 근처를 더듬어
휴대전화를 찾았다.
잠이 안 오면 하던 버릇.

음악을 들을까…
친구들의 SNS를 훔쳐볼까…

그러다 그녀는 연락처 아이콘을 가볍게 터치했다.

총 1,432개의 연락처

"헐… 뭐가 이렇게 많지?"

휴대전화에 몇 명의 이름을 담아놓고 사는지 모르고 살았었다.
어떤 사람의 연락처를 기억에 꾹꾹 담아놓고 산지 참 오래됐다 싶다.

'가끔 내 번호도 헷갈리는데 뭘…'

그녀는 1,432라는 숫자가 궁금해졌다.
그래서 자기가 담아 놓은 사람들을 하나씩 확인하기 시작했다.

"아… 이 분은 누구였지?"
"얘는 뭐하고 사려나?"
"이 사람은….. 내가 모르는 사람이 왜…"

어설프게 기억나는 사람들
연락한지 몇 년이 지난 사람들
그리고 전혀 기억이 안 나 당황스러운 사람들까지

마치 한 명씩 만나 악수를 하듯
몇 백 명이 넘는 사람들의 이름을 입으로 소리 내 읽으며 떠올렸다.

'이 사람들 중에 나를 아는 사람이 얼마나 될까..?'
이런 생각을 하다가 'ㄱ'을 넘어 'ㄷ' 'ㄹ'... 'ㅅ' 'ㅇ'...

'고지가 보인다... 이러다 밤새겠네..'
그녀는 뭘 하면 끝을 봐야 하는 자신의 성격을 탓하며 건조한 눈을
깜빡거렸다.

그러다 도착한 'ㅌ'

'여긴 금방 넘어가겠군...'

그런데 '토마토'라는 이름에서 멈췄다.

'어??? 토마토??'

번호도 낯설었다. 누구지...?

그녀는 잠결에 몽롱한 머리로 기억의 길을 더듬어 올라갔다.
그리고 만난 그 사람은 바로 그녀가 사랑했던 한 남자였다.

울컥하고 목에서 신물 같은 게 올라오는 것 같아서 몸을 일으켰다.
마치 설익은 토마토를 먹을 때 느껴지는 맛처럼.

그녀가 가장 좋아하는 토마토였다. 밥 대신 평생 토마토만 먹으면서
살수 있다고 생각하는 그녀였다. 시큼하면서도 달고 아삭하면서도
말캉거리는 빨간 색깔은 유혹하듯 탐스럽다가도 수줍은 볼때기의
색깔처럼 순수함을 뽐내기도 한다.
그래서 매력적인 맛의 토마토.
이런 다양한 매력을 가진 토마토를 좋아하는 그녀였기에 그 남자의
이름을 토마토라고 저장했던 기억이 떠올랐다.

"앞으로 토마토라고 부를 거야!"
"토마토??? 왜…?"
"내가 이 세상에서 제일 좋아하는 거니까."
"그래두 토마토 좀 이상한 거 같은데… 토마토… 부르기도 어렵구."
"그래서 싫어?"
"아니 싫다는 게 아니라.. 특이해서.."

처음엔 어색해했지만 그는 자신이 '토마토'로 불리는 걸 좋아했었다.
그런데 시간이 흐르자 오랜 기간 방치해둬 물컹물컹해진 토마토처럼
나에게 관심도 매력도 없어졌을 때 그는 나를 떠났다.

그 이후로 한동안 제일 좋아하던 토마토를 못 먹었던 기억이
떠올랐다. 그렇게 좋아했던 토마토를 잊고 살았다.

그녀는 몸을 일으켜 냉장고 문을 열었다. 신선칸에 언제나 들어있는
탐스런 토마토. 물에 씻어 크게 한입 베어 물었다.

시면서도 달큰한 신선한 향이 그녀의 기분을 깨웠다.
그래, 없어지고 사라지는 것에 대한 미련은 언젠가는 새로운 기분으로
다시 찾아올지도 모른다.
그리고 진짜 좋아하는 건, 영원히 싫어지는 일이 없다.

그녀의 토마토처럼.

이별,
바람의 맛

5월의 어느 일요일.
이르게 찾아온 여름 태양 때문에 도시 전체가 이른 더위에 허덕이고
있었다.

그녀는 집에서 일찌감치 나왔다. 평소에 안 입던 짧은 치마도
입고 잘 안 하던 화장도 했다. 그리고 도착한 몇 년 단골인 헤어숍
디자이너에게 밝은 목소리로 이야기했다.

"짧게 잘라 주세요."
"왜? 무슨 일 있어요?"
"무슨 일 있어야만 자르나요? 헤어디자이너라는 분이 그러면 감 없
단 얘기 들어요.."
"아니.. 한 번도 짧게 자른 적 없는 사람이 갑자기 그러니까... "
"그냥 기.분.전.환!"

더 이상 어떤 이야기도 하기 싫단 강력한 방어막.
헤어숍에 들어온 지 한 시간.
그녀의 머리는 짧은 단발로 바뀌어 있었다.

가벼워진 머리 때문에 어색했지만 그녀는 짧은 머리가 마음에 들었다.
기분도 상큼해졌다. 그리고 주말에 집에서 쉬겠단 친구를 부득부득
불러내 와룡공원으로 갔다.

"야~ 다 저녁에 여긴 왜."
"그냥 여긴 바람이 잘 불어서."
"뜬금없이 무슨 소리야?"

그녀는 성벽에 올라가 앉았다.
그녀의 표정에서 슬픈 눈을 읽은 친구도 그녀의 뒤에 가서 앉았다.

잠시 후, 바람이 앞에서 훅~ 하고 불어왔다
이른 여름 냄새를 안은 5월의 바람.
그 바람은 그녀의 짧은 머리를 찰랑하고 건드리고 넘어갔다.

"바람 맛이 이런 거구나."
"어떤 맛인데?"
"달큰하면서.. 씁쓸해."
"그게 어떤 맛인데?"
"풀 맛.. 왜 어릴 때 길에 있던 풀 씹어 먹은 적 없어? 그때 그 맛이
오늘 바람 같아."

친구는 그녀의 말을 가만히 듣고 있었다.
그때 다시 한 번 바람이 살랑하고 불어왔고
또다시 그녀의 머리를 찰랑 건드리고 지나갔다.
"긴 머리일 땐… 긴 머리가 바람을 막아서 이 맛을 모르고 살았어.
머리를 짧게 자르니 좋네. 바람이 이런 맛인지도 알 수 있고.."

그녀의 친구가 물었다.
"왜 여자들은 헤어지면 머리를 잘라?"
그녀는 몇 초간 아무 말도 없었다.

"남자는 안 그래?"
"남자들은 군대 갈 때 아니면 머리를 그렇게 확 자르는 법은 없지."
"그런가…"

"그거 알아? 머리카락은 1센티씩 추억을 먹고 자라.
그래서 긴 머리카락일수록 추억을 많이 담고 있어. 그래서 말이야..
이별을 하면 그 추억의 무게 때문에 머리카락을 자르는 거야."

그녀의 친구는 그녀의 말을 뒤에서 가만히 듣고 있었다.
그녀의 목소리에 물기가 있다는 걸 알면서도

"그런데 말이야. 5월의 바람 맛이. 풀 맛 같다고 했잖아.
뭔가 신기한 맛이 있을 것 같아서 먹었지만.. 결국엔 쓴 뒷맛이 혀
끝에 남는.. 바람의 맛이.. 이별의 맛이네."

그녀는 오늘 이별의 맛을 보기 위해 짧게 머리를 자른 건지
짧게 머리를 잘라 이별의 맛을 볼 수 있었던 건지 알 수 없었다.

그냥 오늘 부는 5월의 바람은 이별의 맛이었다.

흔들지 마

한밤중 갑자기 걸려 온 전화
아무렇지 않은 농담들을 주고받다
시답잖은 대화의 끝
전화를 끊기 전
이젠 믿지 않는 한마디

보고 싶어

그의 마지막 말끝이 그녀를 갈증나게 만들었다.
잠들지 못하는 뜨거운 한여름 밤처럼 갈증 나게 말이다.

잠자긴 글렀다 싶어 집 앞 편의점으로 가 시원한 걸 찾는다.
맥주는 위험하다고 생각했다. 대신 밍밍한 그냥 물보단 다양한 매력의
음료수 쪽으로 시선을 돌린다. 그리고 이왕이면 색깔도 예쁘고 건강도
생각할 수 있는 과일 주스를 선택한다.

그녀는 계산대에 내려놓은 주스 병을 멍하니 바라보았다.
왠지 그 주스 병이 그녀 자신 같았다.

그에게서 열심히 도망치고 있었다.
그래서 겨우 지금 저 병 안에 든 액체처럼 좋아하는 마음을 밑으로
밑으로 힘들게 가라앉혀 눌러 놓았다. 저 위 맑은 층의 주스처럼 그에
대한 그녀의 마음도 맑아지고 있었다.

그런데 전화 한 통이 그녀의 마음을 흔들어 놨다.
저 주스도 흔들면 뿌옇게 흐려지겠지. 그녀는 계산대에서 주스
병을 품에 안고 최대한 흔들리지 않게 들고 나왔다. 그 품이 어찌나
어정쩡한지 주인아저씨가 그녀를 이상한 눈으로 본다.

조심조심 걸을 때도, 계단을 오를 때도, 엘리베이터를 탈 때도, 집 문을
열 때도 그녀는 그 주스를 흔들지 않으려고 했다.

그렇게 조심해도 그녀의 작은 움직임에 주스는 흔들리고야 말았다.
그의 아주 작은 눈빛에도 흔들리는 그녀처럼.

그녀는 주스 병을 냉장실에 넣었다. 그리고 냉장고 문을 연 채로 주스
병을 바라보았다. 서서히 침전물이 가라앉고 있었다.
서서히.. 아주 서서히..
삐삐~
문을 닫으라는 경고음이 울려도 냉장고 문을 활짝 열어놓고 그녀는
주스 병을 한동안 바라보았다. 얼굴에 닿는 냉기가 시원했다.
갈증이 조금씩 사라지는 것 같았다.

그녀는 그녀가 흔들어버린 주스가 다시 맑아지기를 기다렸다.
그러면 그의 한마디에 어지럽혀진 그녀의 마음도 가라앉을 수 있을 것
같아서.

가만히 두면 언젠간 가라앉겠지.
다시 건들지 않는다면 말이야.

just

3 minutes

별생각 없이 기다린다.

3분

1분은 너무 짧고 5분은 기다리다 지칠 것 같고.

어쩐지 적당해 보이는 숫자 3

적당히 애간장을 태운 다음 호로록 배고픔을 잊게 해준다.

안절부절 기다린다.

숫자 1

없어지면 그렇게 기쁘고 안 없어지면 1초가 십 년 같다.

우린 시간을 수없이 쪼개며

그 시간 속을 기다림으로 채우며 살고 있다.

누군가를 기다리고
나조차도 누군가를 기다리게 하고

3분이 지나 뚜껑을 열면
코끝을 감싸는 맛있는 향기와
보들보들한 면의 촉감
그리고 혀끝으로 퍼져오는 짭조름한 맛이
나를 만족시킬 것이 분명하기 때문에.

오늘도 난 3분을 기다릴 것이며
누군가는 날 40년을 기다리고 있겠지.

나도 빨리 찾아가고 싶어요.
근데 우리의 시간은 아직도 계속 흐르네요.

김치 없음
못살아

작년 11월쯤의 일이었다. 폭우가 쏟아지는 섬에서 1박 2일간의 빡센 촬영을 끝내고 감기몸살을 훈장으로 얻은 나는 바닥 저편으로 떨어진 기분과 체력을 끌고 밤늦게 집에 도착했다.

일하던 중 친절한 택배 아저씨의 전화를 받고 그날 엄마가 보낸 김장 김치가 집 앞에 도착해 있음을 알았고 집에 가면 그걸 정리하고

잠을 자야 한다는 또 하나의 스트레스가 내 어깨를 짓누르고
있었다. 그런데 집 앞에 놓인 하얀 스티로폼 박스가 예상외로 너무
어마어마했다.

"아이… 엄만… 밥도 잘 안 해 먹는데 뭘 이렇게 많이 보내신거야…"
나도 모르게 툭 내뱉은 날카로운 한마디. 그리고 투덜대며 싱크대
안쪽에 있던 용기들을 꺼내 씻고 박스를 뜯어서 김치를 담았다.

담다가 바닥에 김칫국물이 튀는 게 왜 그렇게 짜증이 났는지.

김장 김치를 옮겨 담으며 투덜투덜…
김장 김치 박스를 넣을 냉장고의 공간을 만들면서도 투덜투덜..

한참을 어마어마한 양의 김장김치와 씨름을 끝내고 어질러진 박스와

포장지를 정리하려는데 택배 박스 위에 적힌 엄마의 글씨에서 멈칫했다. 그리고 왠지 모르게 코끝이 찡했다.

큰딸.
이 두 글자가 힘들었던 나를 툭 하고 건드렸고 와르르 무너졌다.

엉엉 울면서 행주를 깨끗이 빨아 김치통을 다시 한 번 닦았다.
나도 모르게 툭 내뱉은 가시 돋친 말들이 엄마가 보낸 김치통에 묻어 있을까 봐 두 번 세 번 박박 닦았다. 혹시나 엄마 마음에도 그 가시가 박힐까 봐 깨끗이 닦았다.

시집도 안 간 딸에게 때마다 김치며 반찬이며 보내시는 일이 얼마나 귀찮은 일일지 안다.

김치는 당연하게 엄마 김치.
너무 당연해서 엄마의 마음을 잠시 까먹은 게 너무 후회가 됐다.

알면서도 까칠하게 올라온 생각을 누르기란 쉽지 않다.
그런데 나도 모르게 내뱉은 말은 결국 몇 분도 채 안 지나 후회하게 되더라.

후회하는 일들을 하면서 사는 게 사람인 건지.
앞으로 또 얼마나 후회할 일들을 하게 될지
기대 만빵이다.

캔

변하지 않는다는 말.
오래오래 곁에 있겠다는 말.
언제나 그 자리에 있겠다는 말.

딱 그때 그 상태로
캔에 담아버릴걸.

지키지 못할 말들인 걸 알면서도.
그땐 캔에 담긴 음식처럼
상하지도 변하지 않을 줄 알았지.

결국 캔에도 유통기한이 있는데
마음대로 꺼냈다 넣었다 하는 마음이
오래도록 변하지 않을 거란 생각이 어리석었지.

그래도 믿고 싶었어.
내 마음이 당신 안에 갇혀 변하지 않듯이
당신 마음도 내 안에 갇히면 영원할 줄 알았지.

처음 당신이 꺼낸 싱싱한 마음이
오래도록 그렇게 있을 줄 알았지.

쉬어버린 마음은 버려야지.
아니면 탈이 날지도 모르니까.

꿀 먹은

그날 그녀는 그가 어떤 말을 할 것 같다는 예감을 하고 있었다.
쓸데없는 여자의 직감.

누군가가 살며시 마음 앞자리에 자리를 잡는 건 한순간이다. 그리고
자리 잡은 그 순간부터 꿀 같은 하루하루가 지난다. 그런데 그날들이
무한히 영원하지 않다는 것도 안다. 조만간 둘 중 하나로 결정을
내려야 하는 순간이 분명히 올 거라는 것도 안다. 자의든 타의든.

"나 좋아하죠?"

그녀는 몇 초간 말하는 방법을 잃어버린 사람처럼 아무 말도 할 수
없었다. 그리고 대답했다.

"응. 좋아해요. 왜 좋아하면 안 돼요?"

그는 그녀의 대답을 예상한 듯 한참 그녀를 바라보며 환하게 웃었다.
그리고 곧 뒤이어 대답했다.

"나 좋아하는 거 다 알고 있었어요."

그녀는 땅을 파고 들어가 숨고 싶었지만 애써 태연한 척 부들부들
떨리는 목소리를 부여잡고 말했다.

"그렇게 티가 많이 났어요? 나름 티 안 내려고 노력한 건데.. 실패네.."

그리고 그녀는 귀를 닫았다. 사실 그가 그다음에 어떤 말을 했는지
기억이 안 난다. 그리고 또 그녀는 스스로가 어떤 말을 했는지도
까맣게 잊었다.

그녀가 도망치고 싶을 때 하는 방법.
'쿵' 하고 날숨을 단전 깊숙한 곳까지 모두 토해내면 그 순간은 주변의
공기가 순간 진공상태가 되는 것처럼 아무것도 들을 수 없다.
그런데 들리지 않는다고 보이지 않는 건 아니다.
대신 그 진공 상태에서 꿀 먹은 벙어리가 된다.
그편이 마음이 편하니까.

너무 달콤에서 말을 할 수 없을 정도의 기억으로만 그 순간을
기억하고 싶었는지도. 그냥 그녀의 마음을 그가 알아줬다는 그
하나만으로도 달콤한 순간으로 기억하고 싶었는지도 모른다.
꿈 같은 날들이 끝나는 날.
꿀 먹은 벙어리가 되어야 하는 아이러니.
그래서 사랑은 꿀 같은 것일지도 모른다고 그녀는 생각했다.

스파게티

미안해서 그랬을까.
이러지 않아도 알고 있는데, 헤어지는 날 먹기엔 스파게티는 옳지
않았다.

크림소스는 너무 부드럽고 고소한 맛에 이별을 잠시 잊을 것 같고
토마토소스는 혹시 옷에라도 튀면 그게 내가 그를 잡고 싶어 하는
미련의 마음 자국으로 보일까 봐 곤란했다.

하지만 난 버릇처럼 토마토소스 스파게티를 시켰다.
스파게티는 우리가 처음 만난 날 먹은 음식이다.
굳이 통계를 내지 않아도 아마 많은 연인들의 첫 데이트 음식이
스파게티일 것이다.

영화처럼 같은 장면이 반복되고 있는데
틀린 그림 찾기를 하고 있는 것 같았다.

음식이 나오기를 기다리는 동안

처음 만났을 땐 나를 보고 있었다.
하지만 오늘은 창밖을 내다보는 그의 옆모습은 차가운 조각상 같다.

그땐 그가 먼저 내게 말을 걸어줬지만
"날씨가 참 쌀쌀해졌지? 감기 조심해"
오늘은 무의미한 말들을 내가 하고 있다.

그땐 그의 몸이 테이블 가까이로 다가와 있었다.
하지만 지금 그의 몸은 의자에 뒤로 재껴져 있다.

틀린그림찾기의 정답이 하나씩 늘어갈수록 그의 마음도 그만큼
멀어져 있다는 걸 나는 느꼈다.

스파게티가 나오고

그는 묵묵히 하지만 평소보다 빠르게 먹기 시작했다.
이별을 빨리 끝내려는 듯.

하지만 나는 그럴 수가 없다.

내가 베어 무는 스파게티의 면이 그나마 남은 우리의 시간이기 때문이다.

생전에 해보지도 않은 짓을 해본다. 내숭녀처럼 접시에 담긴 스파게티 면이 몇 개인지 세어보기 시작한다.

그가 지금 나의 행동이 무슨 신호인지 말로 할 수 없는
당신과 이렇게 헤어질 수 없단 소리 없는 구조 신호임을 알아주길
바랐다.

결국 마지막 한 가닥까지 아무 일도 일어나지 않겠지만.

짝짝이
젓가락

"어… 젓가락이 짝이 안 맞네~ 여기요!!!"
"아냐. 됐어 그냥 줘."
"왜… 젓가락은 짝이 맞는 걸로 먹어야 된댔어."
"괜찮아~ 밥만 잘 먹으면 되지 뭐~! 그냥 나 줘."

그녀는 아무렇지도 않게 짝이 맞지 않는 젓가락을 받아 밥을 먹기 시작했다. 그리고 그녀는 밥을 먹다 말고 자신이 손에 들고 있던 짝짝이 젓가락을 멍하니 쳐다보았다.

"왜 그래? 여기 밥이 맛이 없어?"
"아니…"
"갑자기 밥 안 먹길래…"
"우리… 술 한잔 할래?"

평소 술을 잘 먹지 않는 그녀가 술 이야기를 꺼낸다는 건 속에 담아둔 무거운 이야기를 꺼내고 싶어 한단 이야기였다.

소주잔을 연거푸 2잔을 비워낸 그녀의 왼손에는 내가 건넨 짝짝이 젓가락이 꼭 잡혀 있었다. 아니 그녀가 그 젓가락을 꼭 잡고 안 놓고 있었다.

양 볼이 발개진 그녀는 나를 보고 '히~' 하고 웃었다.
그리고는 테이블 위에 왼손에 들고 있던 젓가락을 나란히 놓았다.

"참 안 맞고 참 다르다 그지?"
"그르네…"
"그런데… 같이 있으면 밥 잘 먹을 수 있잖아.
그냥 서로 모양과 길이만 다를 뿐이지 밥 먹는덴 같이 있으면 아무 문제없잖아…"
"응! 그렇지."
"근데…. 만약에… 요 기다란 한 아이가 자기는 밥한테 가고 싶다고 하면… 김치한테 가고 싶었던 짧은 아이는 어떻게 해야 해?"
"음…."
"하나로는 김치도 밥도 잡을 수 없는데… 김치가 아니라 밥이라고 하면?"
"글쎄…."
"그럼… 밥한테 가라고 해야 하는 건가? 더 이상 같이 뭘 잡을 수 없으니까?"

나는 그녀가 하고 싶어 하는 이야기를 알았다.

속으로 두 가지 마음이 전쟁을 치르고 있다는 것도.

"우린 늘… 짝짝이 젓가락 같았어… 그냥.. 이게 우리 같아서…"

그리곤 다시 나에게 '히' 하고 웃어 보였다.

예쁜 내 친구의 두 눈에 눈물이 맺혔다.

짝짝이 젓가락

한쪽이 다른 한쪽을 맞추려고

모양을 바꾸려고 노력하고

길이를 깎거나 늘여 보려 해도.

결국 짝짝이.

도로시처럼

오즈의 마법사의 도로시처럼 이상한 나라로 여행을 다녀온 거야.
자신도 모르게 마음에 불어온 회오리를 타고 이상한 나라로 떨어져
버린 거지.

그곳에서 차갑게 식어버린 심장을 뜨겁게 해줄 무언가를 찾으려
했지만 결국 그 이상한 나라에선 아무것도 찾지 못했어.

도로시는 이상한 나라에서 집으로 다시 돌아오려면
오즈의 마법사를 만나야 했는데,

지금 방황하는 마음을 제자리로 되돌려줄
오즈의 마법사는 어디에 있는 걸까?

도로시처럼
오즈의 마법사를 만나면
이 마음이 예전 그 자리로 돌아올 수 있을까?

이상한 나라
당신의 곁에서 말이야.

질겅질겅

되새김질을 해본다.

토악질이 나오는 맛일 때도 있고
약간 남은 달콤한 맛을 맛볼 때도 있다.

질겅질겅

남의 이야기를 하는 건 참 쉽다.
하지만 자기 이야기를 하는 건 쉽지 않다.
그래서 사람들은 모이면 남의 이야기를 그렇게 하는가 보다.

chewing culture

그렇게 이야기하는 사람들은 모두 능력자다.
엑스맨을 모아 놓은 듯.

잘 모르면서 남의 이야기를 참도 잘하는 건 초능력
걸어 다니는 안테나

고백
go back

"근데 내가 왜 좋아요?"
"누군가를 이성으로 좋아하는데 이유가 있나요? 그냥 같이 있으면
그것만으로도 좋고 아무것도 안 해도 곁에 있는 것만으로도 좋은
건데…"

누군가에게 듣고 싶었던 이야기였다
그런데 참 이상하게도 마음에 아무런 파장이 일어나지 않았다.

이 말을 듣고 싶었던 게 아니었다.
사실은
이 말을 해주는 누군가를 기다리고 있었던 거다.

이런 고백은
갔다가
결국엔 되돌아온다.

go, back

SWEETNESS

초콜릿처럼
인생이 달기만 하다면 얼마나 좋을까?

사탕처럼
당신과 내가 달콤하기만 하다면 얼마나 좋을까?

솜사탕처럼
세상이 폭신폭신하면 얼마나 좋을까?

우리의 순간이
우리의 세계가
당신과 나의 일상이
달달하기만 하다면 얼마나 좋을까?

안부인사

다들 잘 살고 있나요?

다들 잘 먹고 지내는 거죠?

엄마 손

엄마가 어느 날 이야기했다.

외할머니 식혜가 생각나네
엄마 보고 싶네

물기가 생긴 엄마의 눈에서 시선을 피했다.
눈물이 옮겨 올까 봐.

내 기억 속 우리 외할머니는 가자미식해이다.
고향이 이북이셨던 우리 외할머니가 제일 잘하는 음식이었기
때문이다.

처음 외할머니의 가자미식해를 맛본 기억은 다섯 살 때이다.

노란 알알이 올라간 노랗고 불그스름한 그것을 본 나는 절대 어린
나는 범접할 수 없는 세계의 음식이었다. 특히나 톡 쏘는 콤콤한 향과
곰 삭은 맛까지 겸비한 이 이상한 음식은 도대체 사람이 먹을 수 있는
음식이긴 한 건가 하는 생각마저 들게 했다.

젓가락으로 후비적 후비적
신기한 세계를 탐험하듯 식혜를 이리저리 들추고 있는 나에게
외할머니는 식해를 한 움큼 떠서 밥 위에 올려주셨다.
난 칠색 팔색 엉엉 울기 시작했다.

내가 못 먹는 생선 위에 올려졌던 이상하고 노란 알 같은 걸 내 밥에
올리다니. 할머니가 미웠다.

우는 내 밥을 다시 떠다 주시곤 괜찮다며 내 머리를 쓰다듬어 주셨다.
그리고 웃으며 '먹으면 맛있는데 우리 큰 손녀가 맛있는 걸 모르네...'
하셨다.

"이 할미 손에선 맛있는 게 나온단다. 그러니까 먹어도 괜찮아."
그땐 정말 할머니 손에서 뭔가 나오는 줄 알았다. 뚝딱뚝딱 만들면
언제나 맛있는 음식이 됐으니까. 그리고 먹어본 가자미식해는 정말
맛있었다. 할머니 손에선 맛있는 게 나온다는 지금 생각하면 피식
웃음이 나는 그 말을 믿을 수밖에 없을 정도로...
그리고 엄마가 가장 좋아하는 엄마의 맛이기도 했다.

내가 가끔 엄마에게 할머니가 만들어준 가자미식해가 먹고 싶다고
하면 그건 할머니만 만들 수 있는 거라고 하신다.
우리 엄마 손에는 가자미식해의 맛은 없나 보다.
그래서 엄마가 할머니를 더 그리워하는지도 모르겠다.

엄마들의 손 지문 사이사이에는 많은 맛들이 들어있는 것 같다.
마녀의 요술지팡이처럼 도깨비방망이처럼. 엄마 손이 쭈글쭈글
해지는 건 우리가 많은 맛을 먹어치워서 그런 게 아닐까 하는 생각이
든다.

태어나서 모유를 먹듯 맛있는 걸 쪽쪽 빨아먹어서
엄마의 손에 앙상한 뼈마디가 보이나 보다.

엄마가 외할머니를 그리워하듯. 나도 언젠가 엄마를 그리워하겠지.
많은 엄마의 모습 중에서도 엄마의 맛, 엄마의 손이 그리워질 것
같아서 마음이 시큰해진다.

언젠가는 나의 손에서도 맛있는 맛이 나올까?

맛은 기억이고
기억은 그리움이다.

외할머니의 가자미식해가 정말 먹고 싶다.

통화 연결음

평소보다 먹먹한 통화 연결음 소리.
새벽 2시. 멀리 있는 친구에게 전화를 걸었다.
신호음 2번. 얼른 종료 버튼을 누른다.

그냥 먹먹한 연결음 소리만으로도 위안이 된다.
꼭 목소리를 들어야만 하는 게 아니다.
꼭 위로를 받고 싶어서도 아니다.
그냥 마음을 기댈 수 있는 누군가가 있다는 사실만으로도
응원이 된다.
몇 초 안 되는 통화 연결음이 나를 위한 응원가가 된다.

어느 날,
당신의 전화에 친구의 부재중 전화가 와있다면
그 사람은 이미 당신의 두 마디를 들었을지 모른다.

내가 있잖아.
힘내.

수줍은
고백의 맛

탈칵

좌르르르르르르르르

언제 들어도 기분이 '캬~ 아우~ 부르르' 해지는 소리.
캔에 들어있는 모든 마실 수 있는 것들의 첫 순간.

그런데 내게 이 소리는 수줍은 고백의 소리이다.
떨리는 고백의 첫 순간의 맛이라고나 할까.

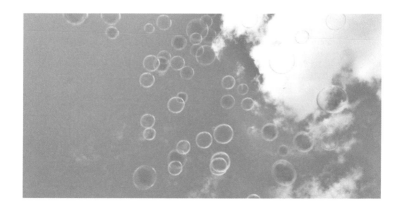

대학입시라는 인생의 큰 허들을 넘어야 하는 고3.
야간 자율학습까지 마치고 나면 독서실에서 새벽까지 공부를 해야만
집으로 돌아갈 수 있었다. 그 시절을 이렇게 말로 들으면 입시지옥이
있는 나라에서 감옥 같은 날들을 보낸 것처럼 들리지만 그 시절만큼
싱그러웠던 시절이 없었다.

그 싱그러운 시절로 돌아갈래? 누군가 묻는다면 당연히 yes!

어쨌든 여고를 다녔던 친구와 나는 당시에 독서실에 가면 공부를 해야
한다는 사실보다 그 독서실에서 가면 볼 수 있는 다른 학교 친구들
때문에 즐거웠다.
다른 학교에 간 초등학교 동창 친구들을 만날 수 있었고 특히 다른
학교의 남학생들을 볼 수 있다는 사실에 마냥 두근거렸던 것 같다.
19세의 소녀감성이 입시에 무너지진 않았던 거다. 오히려 가두려고
하면 더 통통 튀어 오르는 게 이때의 감성이니까.

우리의 고3 시절엔 심은하가 주연을 맡은 드라마 'M'이 최고의
시청률과 최고의 화제 중심에 있었다.
당연히 고3이었던 우리는 그때 그 드라마가 하는 시간 저녁 10시만
되면 지하 매점으로 모였다. 과자 한 봉지나 아이스크림 하나씩을
들고 각 테이블에 앉아서 벽 구석 천장 가까이 달린 작은 브라운관
티브이를 보는 그 기쁨도 잊을 수 없다. 일탈이라면 일탈이었으니까.
무뚝뚝한 안경잡이 독서실 사감도 그 시간만큼은 허용해줬다.

드라마 타이틀을 숨죽이며 보고 광고가 시작되면 우리들은 옆 테이블
뒷 테이블을 곁눈질로 보곤 했었다. 내 친구가 마음에 둔 그 아이는
어디에 있나를 찾는 것이었다.

그런데
그날 그 남자아이가 벌떡 일어나서 우리 테이블로 왔다.
몇 걸음 안 되는 거리를 그 아이는 저벅저벅 걸어와 내 친구 앞에
포도맛이 나는 탄산음료 캔을 내밀었다.

"이거 무라~"
"이기 뭔데?"
"드라마 볼 때 목 마를거 아이가~"

무뚝뚝한 경상도 말투에 양쪽 귀가 빨개지는 걸 본 건 나뿐만이
아니었다. 그리고 돌아가는 그 아이의 앞에는 환호성을 지르는 그
아이들의 친구들이 있었고 내 친구의 얼굴은 홍당무가 되어 있었다.

수줍은 고백. 포도 맛 탄산음료.

그날 우리 독서실 매점은 심은하가 야광 빛으로 눈 색깔을 바꾸는
드라마 내용보다 내 친구와 그 아이의 사건으로 더 흥미진진했다.
그리고 마치 포도 맛 탄산음료는 고백의 도구가 되어 그 뒤로도
심심치 않게 우리 독서실의 커플을 탄생시켰다.

그런데 우연일까.
내가 대학생이 되고 대학교 1학년 때. 우리 학교의 도서관.

중간고사 기간이어서 2층과 3층 사이를 메뚜기를 뛰면서 공부를 하고
있던 중 자리가 생겨 급하게 자리 세팅을 하고 화장실을 다녀왔었다.
그런데 내 자리에 포도맛 탄산음료가 놓여 있었다.
그리고 거기에 붙여진 포스트잇.

"혹시 남자친구 있어요?"

나도 포도 맛 탄산음료 고백을 받은 것이다. 그런데 그 남자는
나타나지 않았다. 삐삐번호조차 남기지 않은 채 20년이 지난 지금까지
미스터리로 남아있다.

포도맛 탄산음료 고백을 아는 사람이라면
1994년 같은 독서실에 다니던 사람 중의 한 명이 아닐까..
그냥 추측을 해볼 뿐.

1월의
비누 맛

새해가 되면 욕실 비누 케이스에 새 비누를 올려놓는 버릇이 있다.
지난 아픈 기억과 지저분한 나쁜 기운을 씻겨 내주길 바라면서.
그래서 난 12월이 되면 1월의 비누를 고르러 백화점이나 마트에
들르곤 한다.
비누 냄새를 하나씩 천천히 맡다 보면 기분마저 깨끗해지는 느낌이
든다.

그렇게 하나의 비누를 고르며 주문을 외운다.
이 비누처럼 깨끗하고 향긋한 한 해가 되길..

내게 1월의 비누는
달콤한 인생이길 바라는
내 간절한 소원의 맛이다.

첫 눈, 크림

사람 입맛은 살면서 바뀐다고들 한다.

싫어했던 음식이 좋아지기도 하고 좋아했던 음식이 갑자기
싫어지기도 한다. 이유는 잘 모르겠다.
입맛의 변화도 시간과 세월을 탄다.

그녀도 그 시간 때문에 입맛이 바뀌었다.
처음에 그녀 주변 사람들은 몸매 관리나 다이어트 혹은 신체적 반응,
알레르기 때문이라고 생각했다. 주위 어떤 사람들은 그녀의 입맛이
유별나다고 생각했을 수도 있다. 나도 그랬었다.
그녀에게 직접 듣기 전까진...

"여기 커피랑 케이크 맛있게 하는 카페 있는데 거기 갈래요?"
"그래요~"

그 집에서 가장 맛있는 생크림 케이크를 두 조각 주문했다.

"왜 안 먹어요~ 이 집 케이크 진짜 맛있는데…"
"역시 못 먹겠어요."
" ….?"

못 먹는 걸 시키는데도 가만히 있었다니… 뭐지?

"그럼… 아까 다른 걸 시킬 걸 그랬네요."
"괜찮아요."

이상하게도 싫어하는 음식을 앞에 둔 그녀의 시선이 그 음식에 꽂혀 흔들리지 않고 있었다. 그리고 그 시선이 미세하게 흔들리려고 할 때마다 그녀가 숨을 크게 들이쉬는 것도.

담아둔 이야기가 있을 때, 나도 가끔은 그럴 때가 있어서 물어봤다.

"왜 안 먹어요?"
"생크림을 먹으면…. 눈 맛이 나서요…"
"눈이요? 하늘에서 내리는 그 눈…?"
"네."

전에 눈을 먹어본 적은 있지만 생크림 맛이었나..를 떠올려 봤다.
알 리가 없었다. 어리둥절해 하는 날 보곤 그녀가 말을 이었다.

"정말 사랑했던 사람이 있었어요. 그 사람이 알려준 거예요. 첫눈을
먹으면 생크림 맛이 난다는 거."
"와… 낭만적이네요…"

낭만적인 사람을 만나본 적 없는 나로선 무슨 드라마 한 장면을 본
사람처럼 그녀를 부러운 눈으로 쳐다봤다.

"그랬어요. 그리고 진짜 첫눈은 생크림 맛이 났어요. 참 웃기죠?"
"아뇨… 웃기다뇨… 너무 로맨틱한걸요?"

여기에서 끝냈어야 했다. 그런데 그만 난 묻고 말았다.

"근데 왜 헤어졌어요?"

남녀가 헤어지는데 사소한 것부터 큰 것까지 수많은 일들이 원인이 된다는 걸 모르는 것도 아닌데 왜 그런 질문을 했을까...

"떠났어요. 자기 혼자 생크림맛 눈을 제일 먼저 맛보려고... 그래서 전 억울해서 안 먹어요. 제가 먹어봤자 그 사람보다 늦게 맛보는 생크림 맛일 테니까..."

사람의 입맛은 변한다. 세월과 시간을 탄다.
그리고... 어떤 일을 겪으면서도 그렇게 된다.

지금도 생크림을 보면 그녀가 슬프게 웃던 그 모습이 문득 떠오를 때가 있다. 영원히 생크림을 먹지 않을 그녀는 이젠 이 세상에 없는 그를 혹시라도 잊어버리게 될까 봐 그를 영원히 기억하고 싶어서 스스로 입맛을 바꾼 것이라는 것도

달달

가장 하얘 보이는 냅킨 위에 숟가락과 젓가락을 놓아요.
항상 빨간색 줄이 그려진 빨대를 노란색 줄이 그려진 빨대 옆에
최대한 가까이 붙여놓죠. 얼룩 없는 물 컵과 그냥 물 컵을 고르고 얼룩
없는 물 컵에 두 번째 물을 따라요.
두 잔의 아이스 아메리카노 중 두 번째 걸 건네요. 하나 남은 포크를
내 이쑤시개가 꽂힌 떡볶이 옆에 두어요. 나무젓가락은 양쪽으로 갈라
재빨리 테이블 밑에서 부비부비 해두어요.

앞서 걷는 발자국을 따라 걸어요. 찡긋하는 버릇이 어느새 내 표정에
옮겨왔죠. 매일 아침 눈뜨고 잠들기 전 제일 먼저 인사해요.
다이어리에 적힌 나의 일과엔 온통 당신 얘기죠.

혹시 내 마음이 보이나요?
당신을 향한 내 마음은 지금 달달해요.

내 꺼

햇살이 너무 좋았던 어느 날.
친구와의 약속에 카메라를 들고 밖을 나섰다.

몇 년간 쓰지 않은 카메라에 쌓인 먼지를 털어내고 세상을 향해
셔터를 누르니 예전 처음 사진에 관심을 갖고 사진을 찍으러 다녔던
기분이 들어서 왠지 즐거운 기분이 들었다.

가지고 나온 '내 카메라'에 달린 렌즈.
'내 것'인 이 렌즈는 사실 '내 것'이 아니었다.

난 뭐든 새것이 좋다고 생각하는 사람 중에 하나였다.
우선 새것을 내 것으로 만들었을 때의 그 기분이 너무 좋았고

흠을 만들어도 내가 만들어야지 다른 사람의 손이 탄 물건은 왠지

찝찝했다. 내가 길들여서 오래오래 지니고 있다가 내 손때를 묻혀
끝을 보게 하는 게 그 물건을 대하는 예의라고 생각했다.

그런데 고집스러운 이 생각은 사진 찍는 취미를 갖게 된 이후로
바뀌게 되었다. 바로 렌즈 가격의 후덜덜함 때문에 중고거래에 눈을
뜨게 된 것이다. 남이 쓰던 찝찝함을 안고 처음 사게 된 중고품이 이
카메라 렌즈였다.

배송을 받자마자 요리조리 살펴보니 손때는 물론 작은 상처들은
당연히 있었다. 그냥 허리가 휘어져도 새걸 살 걸 그랬나... 하는

후회도 물론 엄청 했다.
하지만 결정적으로 이 렌즈가 사진을 찍는데 아무런 문제가 없었다.
이 문제가 해결되고 나니 자연스럽게 '남이 쓰던 물건'이라는 인식은
시간이 지나고 곧 사라졌다.

카메라를 통해 세상을 보는 도구가 나의 세상을 대하는 방식 하나를
바꾼 것이다. 이런 생각을 하며 친구를 기다렸다. 조금 남는 시간에
카메라에 찍힌 사진을 보다 보니 아주 예전 사진을 보게 되었다. 나의
귀차니즘으로 옮겨지지 않은 몇 장의 사진들. 그 사진 속엔 어색하게
브이자를 그리고 나를 향해 웃고 있는 한 남자가 있었다.
지금은 '내 것'이 아닌 그 사람.

그때 아마 내가 이런 생각을 했다면...
어쩌면 지금도 내 앞에 앉아있지 않을까... 하는 생각이 문득 들었다.

사람도 그렇다.
분명히 '남이 쓰다 버린 사람'일수도 있고 '남이 쓰다 상처가 생긴 사람'
일수도 있다. 그리고 '고쳐지지 않은 흠이 있는 사람'일수도 있고,
그리고 '고쳐지지 않은 흠이 있는 사람'일수도 있고.

이런 부분 때문에 내가 사랑하는 사람이 '예전에 누군가와 이렇게
만났겠지....'를 생각한다거나. 혹은 이런 모자란 부분이 있는데
'이런 부분이 없는 사람 어디 없을까...'를 계속 찾아 헤맨다거나
한다면 결국 '내 것'이었던 사람도 영원히 '내 것'이 될 수 없다.

완벽한 걸 얻었다고 생각했는데 역시 그것에도 찾으면 흠이 있다.
이 세상에 완벽한 건 없다. 완벽해지려고 노력하는 것들이 있을 뿐.

완벽한 걸 찾지 말고 발견된 흠을 사랑하려는 노력을 하는게 낫다.
그러면 어떤 것이라도 결국엔 내꺼가 되겠지.

이걸...
그때 알았더라면...
오래도록 내 것이지 않았을까?

코끝 찡

그와 그녀는 친구다.

남녀 사이에 우정이 없다는 말이 없어진 시대에 그와 그녀는 살고
있다. 물론 다른 사람들은 그런다.

친구 사이라도 아무런 감정이 없으면 그런 사이는 안 되는 거라고.

편하게 연락하고 편하게 보는 사이.

둘이 한 방에서 밤을 새도 아무 일도 일어나지 않을 사이.

서로에게 이성 친구가 생기면 맨발로 뛰쳐나가 춤을 추며 기뻐해 줄
수 있는 사이.

어느 날 그가 그녀에게 연락을 해왔다.

"나 좋은 일이 생겼어! 한턱 쏠 테니까 나와!"

"또 떡볶이???"

"아냐~ 오늘은 진짜 맛있는 거 사줄게 뛰어나와."

웬일로 그는 일식집에 그녀를 데리고 갔다.

"너 땅 파서 돈이라도 생겼어? 너랑 나랑 이런데 오는 거 처음
아니야?"
"내가 맛있는 거 사준댔잖아."
"나 많이 먹어도 되지?"
"그래 배 터지게 먹어라. 이 오빠가 다 사주마."

그녀는 벨트를 풀고 본격적으로 먹을 생각에 기뻤다.
초밥 이게 얼마 만이냐.. 특별한 날에만 먹는 특식, 특별한 일이
없었으므로 한동안 먹질 못했다. 정신없이 접시를 해치우는데 그가
회전초밥 한 점을 그녀의 코앞으로 갖다 댔다.

"응?"
"아~ 해봐."

“이게 무슨 상황극??”

“하도 친구가 맛나게 먹어서 내가 먹여주고 싶어서 그런다.”

“야.. 오늘따라 너 무지 과잉친절이다.”

“자… 아….”

순간 그녀의 뇌리를 스치고 지나가는 게 있었다. 분명 의도가 보이는 행동. 툭하면 장난을 치는 두 사람이었기 때문에 그냥 초밥은 아닐 거란 예상.

“너.. 여기에 이상한 거 넣었지?”

“넌 남의 호의를 항상 이상하게 생각하더라?”

“우리가 남이냐?? 내가 지난번에 아이스크림으로 장난쳤다고 너 지금 이러는 거잖아.”

지난번 그의 아이스크림에 비타민C 가루를 몰래 뿌려서 먹였던 기억이 떠올랐다.

"이러지 말자…"
"아…. 나 팔 떨어진다… 아…."

그녀는 생각했다.
그래 먹어주자… 그리고 다음번에 더 제대로 한방 먹여주자. 결국
그녀는 친구가 먹여주는 초밥을 받아먹었고 잠시 후 코끝이 찡해오고
눈물이 나오는 고통을 참아야 했다. 옆에서 친구는 배꼽 빠져라
웃어댔고 그녀는 그날 백기를 들었다. 7년 넘게 백수로 있었던 그
친구가 취직을 한 그날. 그녀는 친구의 기쁨을 위해 그날 하루 기꺼이
한 몸 희생해줬다.

친구와 헤어져 집으로 가는 길.
그와 그녀는 늘 그랬듯 문자로 이 얘기 저 얘기 쓸데없는 이야기를
주고받았다.

"맞다!! 근데 며칠 전에 왜 전화했었어? 그때 바빠서 전화 못 받았어.
쏘오리~" 그녀가 말했다.
"그때 가만히 생각해보니 내가 있던 곳이 너네 집에서 10분
거리였더라고." 그는 말했다.
"그래서 전화했어? 아이고 기특해라.. 뭐하러 왔었는데?"

그녀는 궁금했다. 그런데 1분 정도 아무 말도 없었다.

집에 도착해서 씻는 중이겠거니 그런데 잠시 후 그에게서 문자가
왔다.

"근데 생각해보면 세상 모든 곳이 너네 집에서 몇 분 걸리는 곳이네.
강남역은 70분 걸리고, 미국은 780분 걸리고..."

"응? 무슨 소리야?"

"니가 세상의 중심이라는 얘기야, 나한테는..."

바보같이 그녀의 코끝에 아까 저녁에 먹은 겨자 기운이 남았는지
찡~해져 왔다.

친해지기
흰 우유

나이가 들면 익숙해지고 쉬워지는 일들이 많아지는 게 당연하다
생각했다. 어른은 뭐든지 다 잘하는 사람이라고 생각했으니까.
그런데 주위에서 어른이라고 하는 사람이 되었는 데도 반대로 잘하던
일들이 갑자기 어려워질 때가 더 많다.

좋다는 말도, 싫다는 말도 요령 있게 기술적으로 잘 할 수 있을 줄
알았다.
내가 한 행동이나 말들이 나의 의도가 아니라 자기 식대로 해석되는
세상에서 살고 있는 중인 걸 알고 나선 오히려 더 어려워졌다.
잘하던걸 갑자기 못하게 된 사람처럼. 특히 누군가와 친해지는 일.
'밥 한번 먹자'라는 말로 정의되는 그런 관계가 아니라 마음으로
친해지는 일이 그렇게 어렵다.

시간이 지날수록 새로운 사람과 만나는 게 힘들고 어려워진다.

의도치 않은 말들로 사람들을 상처 준다는 것도 알았고 상대가 툭
던진 말 한마디 행동 하나에 내가 상처받는 일도 너무 많다는 것도
알게 됐다. 그래서 사람 사이의 관계를 연구하기 시작했다. 서점에서
'대화의 기술'이나 '감정을 사용하는 법' 아니면 '혈액형별 유형의
사람에게 대처하는 법'까지 이런 종류의 책들을 사서 형광펜으로
마킹하며 읽는 나를 보게 될 줄 몰랐다.

공부를 해야만 할 수 있는 일들이었나 싶을 정도로 어색해지는 것들.
사람 사이의 일이 참 어렵다.

참.... 어렵더라.

어릴 때를 떠올려보면 누군가와 친해지는 게 어려운 일이 아니었다.
'우리 친구할래?' 이 말을 해 본 지가 언제인지 기억도 안 난다.
어쩌면 지금 누군가에게 이 말을 건넨다면, 하는 나도 듣는 상대방도
손발이 오그라드는 경험을 할 게 뻔하다.
마치 이런 말을 태어나서 처음 꺼내는 사람들처럼.

겉으론 친해 보이지만 어려운 사람들 틈에서 마음 대 마음으로
이리저리 시달리고 피곤해진 날은 퇴근길에 250밀리리터짜리 흰
우유를 산다. 마시지도 못할 흰 우유를 말이다.

고등학교 1학년.

사람과 가까이 지내는 게 귀찮았던 사춘기 시절 첫 수업이 시작되던
날이었다. 사춘기의 허세로 가득한 날들이었다. 친구는 초등학교
중학교 친구면 충분하다고 생각했고 대학입시를 앞둔 시기니까
공부에 열중하자 하는 마음이었다.

2교시를 끝내고. 우유급식을 먹는 시간.
당번이 교실 앞쪽에 초록색 우유박스를 가져다 놨고 반 아이들은
하나둘씩 자신의 우유를 가져다 먹었다. 난 우유를 먹으면 배가 아픈
까다로운 위장의 소유자였기 때문에 그 시간은 내겐 별 의미 없었다.

다른 아이들이 우유를 마시는 그 시간. 혼자 멍하니 있는 게 싫어서
괜히 책을 더 열심히 봤다. 그런데 그때 국사책 앞으로 불쑥하고 흰
우유갑이 들어왔다.

'우리 친하게 지낼래?'

툭 하고 던진 민정이의 말 한마디.
사춘기 소녀가 듣기에도 유치했던 이 한마디에 나는 웃을 수밖에
없었다.

그리고 왠지 모르게 기분이 좋아져 민정이가 건넨 우유를 벌컥벌컥

마셨다. 우유를 마시면 하루 종일 고생하는 내 속 상태를 까먹고
말이다. 당연히 나는 그날 부글대는 속 때문에 하루 종일 고생했지만

친구를 얻었다.
"그래, 친하게 지내자"라는 말보다 친구가 내민 흰 우유를 한 방울
남기지 않고 마시는 게 확실한 대답 같았다.
누군가 친하게 지내고 싶다고 내게 건네는 말이 그렇게 기분 좋은
말인 줄 그때 처음 제대로 알았던 것 같다.

지금 만나는 사람들은 '언제 밥 한 끼 먹자'라고 말만 던지고 실제로
밥을 먹은 적은 거의 없는 것 같다. 나조차도.

우유 하나 건네는 것보다 밥을 함께 먹자는 게 더 깊고 진한 의미가
있는 건데 우린 의미 없이 '밥 한 끼 먹자'라는 말을 쉼 없이 던지고
산다.
먹으면 좋고 안 먹어도 상관없는 단순한 '립 서비스' 그것만으로도
친한 관계가 오케이 되는 건지 아직은 잘 모르겠다.
그리고 밥을 먹는다고 친한 사이가 된 건지도 잘 모르겠다.

그러니까 참 어렵다. 앞으로 더 어려워지겠지.

사람의 곁이 그리울 때...
나는 배가 아픔에도 뽀얀 우유를 들이켠다.
고소하게 순수했던 친구의 그 마음이 고마워서.

사랑할 때
공기의 맛

"뭘 제일 좋아하세요?"

"뭐요?? 전 영화 보는 거 좋아해요, 여행 다니는 것도 좋아하고 그리고 또…"

"아… 그거 말고 먹는 거.. 좋아하는 음식.."

"좋아하는 음식이요?? 음… 전… 음식은 아니구요. 공기의 맛을 제일 좋아해요."

"공기….. 공기의 맛이요? 공기 반 소리 반 그…?"

"하하하.. 네….."

그녀는 참 독특한 사람이었다.

공기의 맛이라니.

혹시 이상한 사람이 아닐까… 걱정도 했다.

하지만 그 이상야릇한 맛에 끌려 나는 그녀와 데이트를 시작했다.

"공기의 맛이 어떤 맛이에요?"

"글쎄요... 하도 여러 가지 맛이 있어서... 뭐랄까... 그 서른한 가지 맛이 있는 아이스크림 같아요."

"그렇게나 다양한가요?"

"그럼요~ 아쉽다. 같이 느낄 수 있으면 좋은데..."

"전 그 서른한 가지 아이스크림 중에 피스타치오 맛을 제일 좋아합니다. 공기 중엔 어떤 맛을 제일 좋아하세요?"

그는 누가 들을까 봐 주위 사람들의 눈치를 보며 소리죽여 물었다. 말하는 자신의 볼이 뜨겁게 달아오르는 것도 느꼈다.

그런데,

"음.... 제가 제일 좋아하는 맛은... 핑크 레모네이드 맛이 나는 4월의 공기 맛이요." 그녀는 크고 맑은 목소리로 이야기했다.

정말 그 향을 맡고 있는 사람처럼.

"핑크 레모네이드라……"

당황한 표정을 숨기느라 그는 진땀을 뺐다.
그리고 머리엔 온통 공기의 맛이 어떤 걸까.. 이 생각뿐이었다.
그는 그녀가 이야기하는 4월의 공기 맛을 느껴보고 싶었다.
그래서 그날 이후로 매일 핑크 레모네이드를 한 병씩 마셨다.

주위에선 남자가 무슨 핑크 레모네이드를 마시냐고 핀잔을 줬지만
어느새 그의 책상 위에 빈 병이 스무 병쯤 되었다.

"오늘 공기에서 핑크 레모네이드 맛이 나네요."
신나서 그녀에게 말했다.
"어???"그녀는 깜짝 놀란 토끼눈을 하고 그를 보았다.
"그죠? 맞죠? 오늘 공기가 그 맛!"
"맞아요~"

그녀는 무척 기뻐했다. 그리고 이야기했다.

"사실 당신을 만나는 동안 매일 공기에서 핑크 레모네이드 맛이 났
어요. 기뻐요. 우리가 같은 마음이라서.."

투명하고 깨끗한 핑크색이 일단 심장을 설레게 하고 달달하면서도
톡 쏘는 상큼함에 절로 웃음이 이는 그 맛.

사랑은.

핑크 레모네이드 세상 속에 사는 것.

팝콘

영숙씨는 아침마다 늘 남편의 뒷모습을 본다. 남편의 일터까지 몰래 뒤를 따라간다. 그렇게 남편이 무사히 일터로 들어가는 것까지 보고 나서야 영숙씨는 안심하고 집으로 돌아온다. 그러고 나면 영숙씨도 자신의 일터로 늦은 출근을 한다. 매일 똑같은 풍경.
이렇게 산 지도 어언 20년째다.

물 밖에 내어놓은 애기마냥 영숙씨의 걱정거리는 늘 남편이다. 그녀의 남편은 시력장애 1급. 22년 전 남편이 영숙씨와 결혼을 할 때 까지만 해도 그는 어느 정도 형제를 구분할 수 있는 시력은 가지고 있었다.

삐뚤빼뚤 쓴 편지로 프러포즈를 했을 때만 해도 영숙씨는 그저 조금 모자란 배움 때문에 그런 거라고 생각했다. 그런데 결혼을 하고 나서야 그녀의 남편이 시력을 점점 잃어가고 있는 병에 걸렸다는걸 알았다.

영숙씨는 하늘이 무너지는 것 같았다. 하지만 영숙씨는 생각했다.
자신이 좋아하는 사람이 남들과 좀 다른 것뿐이라고.
내가 좋아하니까 됐다고.

그런데 삶은 그렇게 쉽지가 않았다. 생각과 늘 다른 게 삶인지.
아이들이 생기고 생계를 책임져야 하는 부담까지 영숙씨 몫이 되고
나니 사랑하는 마음보다 살아야겠단 마음이 앞서 남편을 미워하는
순간도 있었다. 어느 날은 집으로 돌아오는 길에 땅바닥에 주저앉아
세상 떠나가라 엉엉 울기도 했다.

그래도 시간은 지난다고.
남편이 구두 닦는 작은 가게를 열게 되고 아이들도 철이 들고.

영숙씨 머리에는 어느새 새하얀 세월이 들어앉았다.

혹시나 출근길에 다치지는 않을까 남편의 뒷모습을 몰래 밟으며 지낸 시간들이 이젠 마치 첩보 놀이를 하는 것처럼 재밌게 느껴지기도 한다.

그날도 영숙씨는 남편을 보내고 출근을 한 후에 집에 돌아와 남편이 돌아오기만을 기다리고 있었다.

그런데 퇴근시간 무렵 극장에서 전화가 왔다. 남편이 극장에 있다는 거다. 영숙씨는 남편이 길을 잃고 헤매다 극장까지 간 거라고 생각했다. 하루에도 열두 번 자신의 심장을 쿵 하고 내려앉게 할 일이 혹시라도 생길까 늘 걱정하며 지내온 시간이었다. 극장으로 가는 내내 영숙씨는 남편이 무사하기만을 바랐다.

도착한 극장.

마치 신세계에 온 듯한 느낌.

여고 시절에 가본 극장이 마지막 극장이어서인지…

요즘 극장은 들어서는 것만으로도 영숙씨의 눈을 휘둥그렇게 만들었다. 남편을 만난 이후로 극장은 영숙씨가 갈 곳이 아니라고 생각하며 살았다. 영화를 좋아하던 소녀 영숙이는 김씨의 아내가 되면서 그 부분은 포기해야 했다.

하나를 선택하면 하나를 포기할 줄 아는 것.
그게 사는 이치라고 생각했다.

그래도 여고 시절에 좋아하던 영화가 생각나 잠깐 감상에 빠지기도 했다. 하지만 금세 정신을 차리고 남편을 찾기 시작했다.

사람들에게 물어물어 안내데스크로 간 영숙씨는 직원의 안내로
어디론가 따라갔다. 그곳은 다름 아닌 상영관 안이었다.
그리고 그곳에 남편이 앉아있었다. 영숙씨는 서둘러 남편에게 다가가
놀란 가슴을 진정시키며 어서 집에 가자고 했다.

그런데 남편은 자신이 앉은 자리 옆에 놓여있던 팝콘을 들어 영숙씨
앞에 내밀었다.

"우리 영화 보자."

영문을 모르는 영숙씨는 귀를 의심했다.
이날은 영숙씨와 남편의 결혼기념일.

20번째가 되던 그 날, 남편이 영숙씨를 위해 준비한 선물이었다.

자신을 위해 좋아하던 영화도 포기하며 살아준 아내를 위해
보이지 않는 몸으로 한 달간 극장 담당자를 만나 상의해 만든
이벤트였다. 무뚝뚝해도 마음만 주어도 좋았다.
그런데 이렇게 남편은 20년 전 영숙씨의 선택을 최고로 만들어
주었다.

영숙씨는 그날 태어나 처음 팝콘이라는 걸 맛보았다.

그 팝콘의 맛은 평생을 살면서 맛본 가장 달콤한 맛이었다.

맴돌아
솜사탕

혀끝에 대자마자
사르륵 녹아들어

달달한 맛이
맴맴
자꾸 맴돌아.

내가 하고 싶은 말이
네게 보여주고 싶은 마음이
혀끝에서 맴맴

내 마음은
설탕처럼 달고
내 기분은
구름처럼 날아.

손으로 만지면
뜨거워
녹아 버릴까 봐

혀끝으로 만지면
스르륵
없어질까 봐

사라질 걸 알면서도
달콤한 그 맛에
자꾸
손을 대

손끝에서 혀끝에서
달달한 내 고백이
맴맴
자꾸 맴돌아.

그래,
지금 난
너와 솜사탕을 먹고 싶어.

별사탕

"아니 왜… 세미나를 굳이 그 먼 곳에 가서 해야 하는 거냐고…"

몇 달 전 만났을 때 그녀는 내게 툴툴거렸다. 회사가 쓸데없이 너무 사이가 좋은 것도 피곤하다고. 그리고 선배가 돼서 그런 곳에 가는 건 무지 눈치 보이는 일이라 더 피곤하다고.

그리고 지금.
그녀는 내게 별사탕을 내민다.

"어머 야.. 이거 얼마 만이야…"
"그지?"
"근데 이거 왜??"
"내 남자친구가 너 갖다 주래."

충격적인 고백

그녀가 남자친구가 생기는 어마어마한 일이 생겼다.

"어머!!! 고맙다고 전해줘. 근데 어떻게 만났는데?"

지금을 사는

사랑하는 사람들의 이야기는

모두 드라마다.

그녀는 짐을 싸는 내내 툴툴거렸다. 푸념을 들어줄 사람 없는
빈집에서 내내 그렇게 중얼거렸다. 매년 가을, 그녀의 회사는
세미나를 핑계로 전 직원이 2박 3일간 엠티를 간다.
회사의 연례행사.

직원들의 재롱잔치.

회사에서 지급한 알록달록한 단체복을 입고 달리기며 족구에 부서별
장기자랑 등을 해야 하고 이틀 내내 각종 주류들을 몸 안으로 들이
부어야 하는 엠티의 탈을 쓴 일의 연장이자 극한 노동이었다.

이번 세미나 장소는 강원도 영월. 2박 3일간 그녀는 영혼을 저 멀리
안드로메다로 보내놓고 버스에 몸을 실었다.

"이번에 우리 부서 장기자랑은 뭔지 알아?"
"몰라. 제발 이상한 아이돌 댄스만큼은 안 했으면 좋겠어.."
"신입들이 준비했다고 하던데.."
"불안하다... 난 이미 소울은 저기 멀리 떠나보냈어... 지금 난 가죽만
있다.."
"나도 마찬가지야.. 하필이면 홍보부라서 뭔가 트렌드에 맞춰야 하니
죽겠다."

과연 이 세미나는 누굴 위한 세미나인지 의문이 들었다.
영혼 없는 얼굴들이 그 증거다. 단체로 뭔가를 해야만 단합이 된다고
생각하는 큰 오류 덩어리. 오히려 보너스나 휴가로 칭찬을 해주면
덩실덩실 춤을 추며 더 큰 효율을 낼 텐데... 아무래도 그녀는
조직사회와 어울리지 않는 사람이라고 본인을 정의한다.

연수원에 도착한 그녀는 짐을 놓고 강당으로 갔다. 슬픈 예감은 틀린
적이 없다. 결국은 아이돌 댄스.

신입들이 일대일로 선배들에게 댄스를 가르쳐 주기로 했단다.

그녀는 생각했다. 역시 안드로메다로 보내길 잘했다고.
올해 들어온 신입 한 명이 쭈뼛쭈뼛 그녀에게로 왔다.

"그래서 뭘 하면 되는데?"
"아… 절 잘 따라 하시면 됩니다."
"눈빛은 섹시하게…"
"아… 그렇게 뻣뻣하시면…"
"아니 그게 아니고 좀 더 과감하게…"

아니, 몸치에 박치인 건 알지만 까마득한 후배에게 이런 지적질을
받고 있자니 안드로메다로 보낸 영혼을 소환해야 하는 게 아닌가 싶은
생각이 들었다. 나름 팀장이라는 직함을 가지고 있는 그녀에게 새파란
신입이 이런 식이면 곤란하다.

"그냥 대충하면 안 될까?"
"이왕 하는 거 일등 하면 좋잖아요."
"넌 이게 재밌니?"
"네… 선배 가르치는게 재밌는데요?"

씩 웃는 게 기분 나빴다. 분명 복수라고 생각했다. 신입들 사이에
얼음마녀라는 별명으로 불리고 있다는 걸 잘 알고 있었기 때문에
백퍼센트 복수라고 생각했다. 이 생각이 들고나니 모든 사람들이

그녀의 못 볼 꼴을 지켜보고 있다는 생각이 들었다.

이 앞에 서 있는 후배 놈의 꼭두각시가 된 꼴 아닌가.
그런데 여기서 포기하면 또 자존심이 허락하지 않는 그녀였다. 이를
악물고 열심히 했다.
춤추는 모습을 앞에 있는 후배 놈이 지켜보며 계속 웃고 있는 거
같았지만 애써 무시했다. 사람이 완벽할 수는 없지. 내년 세미나 땐
때를 맞춰서 입원을 하는 방법을 찾아보리라 결심했다.

그렇게 첫날 저녁 장기자랑이라는 장벽을 무사히 넘고 부어라 마셔라
시간이 왔다. 자연스럽게 댄스 강의를 해줬던 신입 후배 옆에 자리를
잡았다.

"세상에 공짜가 어딨어.. 재밌는 구경했으면 그 값은 내야지."

세상에서 제일 무식한 게 술 먹기 내기라는데 그녀는 무너졌던
자존심을 술내기로 다시 찾기로 했다.

그런데 그녀의 주사.
술만 마시면 밤하늘의 별을 보겠다고 뛰쳐나가는
일명 어린왕자 주사.
그날도 그녀는 뛰쳐나갔다.
강원도의 밤하늘은 별을 많이 볼 수 있지 않느냐며 옆에 앉아있던
신입사원의 손을 잡고 아니 끌고 밖으로 뛰쳐나갔다.

걷고 또 걸었다.

"선배 어디 가세요?"

"별 보러 가야지."

"지금 하늘에도 별 있는데.."

"여기 말고 별마로천문대 가야해."

"네??"

"몰라?? 짜식~ 무슨 별마로천문대도 모르고 날 따라온 거야??"

"아.. 제가 따라왔나요?"

"가자!!! 어디야? 어디로 가야 해?"

그녀가 가고 싶은 곳은 별마로천문대.

진짜 그곳에서 별을 보고 싶었다.

그런데 걸어서 그곳에 가는 건 누가 봐도 말도 안 되는 일이었고 한참 걷던 그녀는 옆에 있던 신입사원이 사라진 걸 알았다.

"어? 어디간거야? 자식… 날 버리고 갔구만…"

술기운에 방향감각은 이미 상실한지 오래인 그녀는 그래도 꼭 보고 싶었던 천문대를 향해 걸었다. 상쾌한 저녁 바람이 코끝에 닿는 기분이 좋았고 바람에 사각사각 흔들리는 나뭇잎이며 풀 소리도 듣기 좋았고 벌레 소리도 기분이 좋았다.

학창시절엔 가끔 일탈을 즐기곤 했었다. 수업을 땡땡이치고 친구들과 버스를 타고 바다를 보러 간다거나 주말에 경주까지 자전거를 타고 간다거나 지금은 술이 핑곗거리가 되긴 했지만 이렇게 그냥 저 별 끝까지 가고 싶다는 생각을 했다.

그런 생각을 하며 걷고 있는데 그녀 발밑에 촤르르 하고 뭔가가 흩어졌다.

"알록달록한 색깔의 돌멩이인가?"

그녀는 쪼그리고 앉아 들여다봤다. 그건 별사탕이었다. 그녀는 손을 뻗어 하나를 집어먹었다. 달콤한 맛이 입안에 퍼졌다.

"별이 맛있죠?"

어느새 그녀 곁에 쪼그리고 앉은 신입사원이 웃고 있었다.

"이거 니가 사온 거니?"
"네~"
"그럼 곱게 줄 것이지 왜 길바닥에 뿌렸어.."
"이렇게 안 하면 계속 걸어갈 것 같아서…"

그녀는 웃었다.

"그리고.. 이렇게 내가 제일 먼저 별을 보여주고 싶기도 했어요~"

그녀를 걱정하며 별사탕을 사러 강원도 동네 슈퍼마켓을 뛰어다닌 그 신입사원은 그녀의 남자친구가 되었고 별을 따다 여자친구에게 준 전설의 남자가 되었다.

부러우면 지는 거라고 했지만 그녀의 남자친구가 내게 갖다 주라며 챙겨준 별사탕이 배가 아프다.

믹스커피
마법

어느 화창한 일요일.

오랜만에 대청소로 묵은 먼지를 털어내고 창가 의자에 앉아

믹스커피를 마시고 있었다. 노동 후에 먹는 믹스커피 맛은 그야말로

환상이니까.

평소와 다름없는 물의 양.

언제나 즐겨 먹던 브랜드의 커피.

집에서 입는 편안한 옷.

분위기 있는 어느 이름난 카페에서 바리스타가 우아하게 내려주는

그런 커피와는 분명히 차원이 다른 그냥 일상의 커피였다.

그런데 그날따라 유난히 커피가 맛있었다.

익숙한 듯 익숙하지 않고 달달하면서도 고소한 그 맛.

그 맛은 지난 어느 날의 기억을 불러들였다.

1995년 5월, 나의 20살.
오후 수업이 없던 그날 친구들과 별일도 아닌 이야기로 깔깔대며 벚꽃
가득한 교정 어딘가에서 마셨던 자판기 커피의 맛.

신입생, 20살.
설레고 두근거렸던 뭐든지 할 수 있을 것 같았던 그때 그 맛.
딱 그때 그 맛이 떠오른 그 순간! 마치 타임머신을 타고 20살의 나로
돌아간 느낌이었다. 그래서 난 머그잔에 남은 믹스커피를 조금씩
조금씩 아껴 먹었다.
주위의 시선보단 내가 원하는 게 앞서 있었고 '다칠까 봐', '안 될까
봐'보다 '할 수 있어'가 앞서 있었고 무모할 정도로 무서울 게 없었던
그때 그 기분을 계속 느끼고 싶어서.
내 머그잔의 믹스커피가 한 모금씩 줄어들 때마다 왕자님과 춤을
추면서 밤 12시를 향해 가는 시곗바늘을 초조하게 바라보는

신데렐라가 된 것 같았다.

머그잔의 바닥이 보이면 먼지투성이 현실로 돌아갈 테니까.

참 신기했다.

맛은 분명 오감 중 입으로 느끼는 감각일 뿐인데 혀의 돌기에 있는
3,000개에서 10,000개의 미뢰가 느끼는 화학작용일 뿐인 데 그런데
맛은 기억을 불러일으키는 마법을 부린다.

요정의 지팡이처럼. 타임머신처럼.

우리의 기억 속엔 맛이 있다.

누군가의 손맛

첫사랑의 기억

내가 힘들 때 내가 기쁠 때 그리고 내가 우울했을 때 그 순간의
기억까지.

엄마를 생각나게 하고

돌아가신 할머니를 떠오르게 하고

서투른 내 요리를 억지로 먹어준 전 남자친구가 생각나고

사회라는 전쟁터에서 나를 힘들게 했던 직장 상사의 얼굴이 떠오른다.

물론 나를 감동으로 눈물짓게 했던 그 순간들까지도.

그래서 인생을 맛에 비유하는가 보다.

우리 인생의 순간순간에 맛이 빠질 순 없으니까.

아오~

이 맛있는 인생!

BITTERNESS

너무 써서
뱉어내고 싶어도
꼭꼭 씹어
삼켜낸다.

정신이 혼미해지고
눈물이 핑 돌 정도지만
참아낸다.

이러면
어른 같다.

쓴 가루약을 처음 맛봤던
어린 시절 그날처럼.

쓴맛은
한번 견디면

다음엔

별거 아니다.

마음의 허기,
흰 쌀밥

"내가 이만큼을 해줬으니 너도 이정돈 해줘야 하는 거 아니니?"
이런 생각을 하면 울컥 억울한 기분이 올라온다.

어쩌면 당연한 일. 하지만 당당히 얘기하기 힘든 한 줄의 말.
입 밖으로 꺼내면 마치 받을 걸 계산하고 시작한 이기적인 사람 취급을
받아 서운해도 티를 낼 수 없다. 티를 내면 그 관계는 어색해지거나
끝난다.

마음 질량의 법칙. 내가 준 만큼 상대가 나를 채워주는 법칙.
물리, 수학 등의 법칙처럼 지켜지는 일은 절대 없는 이상한 법칙.

일이든, 사랑이든, 사람이든 이 법칙이 절대적으로 지켜지는 경우는
지극히 드물다. 어느 한쪽에 조금 더 많이 주고 어느 한쪽은 조금 더
많이 받아야 그 관계는 유지된다. 한쪽이 무거워야 위아래로 재밌게
왔다 갔다 할 수 있는 시소처럼.
과연 지금까지 어느 쪽이었을까 생각해보면 늘 조금 더 많이 주는
쪽이었던 것 같다. 그래서 늘 말 못하고 서운해하는 쪽이었다.

보이지 않는 게 마음이지만, 마음엔 분명히 무게가 있다.
그래서 내가 줬던 그만큼이 돌아오지 않으면 허전하다.
주는 것만으로도 충분히 괜찮은 척하느라 서운한 티도 못 낸다.
어쩌면 바라는 건 없는 척하면서 사실 속으로는 바라는 게 많아서
그랬을 수도 있지만.

많이 주고 나서 생기는 허전함, 마음의 허기.
그렇게 마음의 허기가 지면 집에 돌아와 밥솥의 흰쌀밥을 아무
말없이 퍼먹는다. 밥솥에 밥이 없을 땐 전자레인지에 돌린 따끈한
즉석밥도 괜찮다. 이 땐 반찬을 꺼내 맛의 균형을 맞추는 것보다 그냥
흰쌀밥만으로도 충분하다.

엄마가 아침이면 챙겨줬던 흰쌀밥. 그 쌀밥 한 숟가락을 입안에
넣으면 뭔가 꽉 채워지는 따뜻한 느낌. 그 느낌이 마음의 허기를
채운다. 꼭꼭 씹으면 생기는 달달한 맛은 웬만한 초콜릿보다 낫다.

"아무리 바빠도 밥은 꼭 챙겨 먹고 다녀"

오늘 아침에도 한결같은 엄마의 문자.
마음의 허기를 채우는 흰쌀밥.
엄마의 마음.

그러고 보면 나와 시소의 균형을 맞추는 마음은 엄마의 마음이
아닐까... 세상에 나에게 무조건 주기만 하는 마음이 있다는 걸
그쪽의 허전함은 내가 무시하고 있었다는 걸 깨닫는다.

그 마음은 돌려줄 생각도 안 했으면서 준 것만 생각하고 억울해했다.

이번 주말은 엄마와 단둘이 밥 한 끼 먹어야겠다.
그날만큼은 내가 엄마의 마음의 허기를 채워드려야겠다.

1+1

그를 만나러 가는 길은 언제나 희망과 행복에 부풀어 있다.

그가 꼭 혼자만 왔으면 좋겠는데…

그런데

그는 항상 자기 친구를 함께 데리고 나온다.

그 친구는 수줍은 척 그의 뒤에 숨어있다가 방심하는 사이 어느새 내 손을 잡고 있다.

난 그를 만나면 그를 놓치지 않으려고 그의 손을 꼭 잡는다.

하지만 방심한 사이 내 손을 잡은 그 친구도 내 손을 잡고 놓지 않으려 한다.

오히려 그를 잡고 있는 내 손보다 더 힘껏 나를 끌어당기려 한다.

잘못된 만남.

하지만 늘 언제나 이런 식이다. 기대와 실망은 한 몸이다.

난 기대만 만나고 싶은데 그는 꼭 실망을 함께 데리고 온다.
처음에는 수줍은 척 기대 뒤에서 숨어있다가 내가 방심하면
어느새 실망이 내 손을 잡고 있다.

기대는 내가 놓치지 않으려고 꼭 잡고 있지만 실망은 잡기 싫은데도
한번 잡히면 놓을 줄 모른다.

기대와 실망, 늘 함께 나를 찾아온다.

그걸 알고 있기에 나는 기대를 좀 더 오래 그리고 영원히 내 곁에
두려고 노력한다.

기대의 눈을 바라보면서 제발 내 손을 놓지 말라고 떠나지 않게 늘
언제나 그를 향해 웃으며 애쓴다.

실망에게 절대로 눈길 한번 주지 않으려고 애쓰면서 말이다.

그런데...
슬픈 일은 기대와 실망은 한 몸이라는 사실이다.

기대가 크면 실망도 커진다.

참 잘못된 만남
1+1

먹고싶다

'먹고싶다'는
인간이 가질 수 있는 감정 중 가장 원초적인 감정에 속할지도
모르겠다.

왜냐하면
먹는 것은 생존과 가장 긴밀하게 연결된 감정이기 때문이다.

그런데 요즘 대다수의 사람들은
이 원초적인 감정을 억제하거나 조절하면서 살고 있다.

그 이유는
아무래도 생존에 필요한 최소한의 것 이외의 것은
보여지는 것에 방해가 되기 때문이 아닐까 싶다.

먹고 싶어도
먹을 수 없는 세상에서
살고 있는 우리는

행복하지 않은 세상에서
행복한 척 살고 있는
인형극 주인공 같다.

비 온다

오늘처럼 비가 내리는 날
휴대전화를 숨겨둬
내 곁에서 가장 먼 곳에

비온다.

이 세 마디가
또 울릴까 봐

세상 소리를 삼키며
조용히 내리고 있는 빗소리가 처량해질 때
이 세 마디를 들으면 무너지고 마니까.

말 안 해 줘도
비 오는지 알고 있어
비오는 날이 싫어.

그리고
너를 기억하게 하는
비 냄새 때문에
비오는 날은 충분히 힘들어

그러니까
일기예보처럼
그런 말은 하지마

비온다.

그래 알아.
비가 와.

마카롱

"널 보면 마카롱이 생각나."
"뭐야.. 동글동글하다는 거야?"
"어떻게 알았어?"
"너 죽는다."

그녀는 세상에 동글동글한 건 다 없어졌으면 좋겠다고 생각했는데 글쎄
프랑스에서 이상한 놈이 들어와서는 닮은꼴 하나가 더 늘어났다.

동글한 건 인정한다. 그런데 그 녀석에게 놀림 수 있는 거리가 하나 더
늘어난 건 진짜 싫다.

어릴 때부터였다. 그렇게 25년 동안 이 세상 동글동글한 건 다 나였다.
그리고 특히 동글동글하다 제일 많이 놀린 건 그 녀석이었다.
얼마나 놀림을 받았는지 중학교 땐 동그라미 공포증 같은 걸 겪기도 했다.

한때는 동그랗게 세상에 태어나게 해준 부모님을 원망하기도 했지만
인정하는 것만큼 마음이 편해지는 일은 없다는 걸 알았다.

"근데 이제 내가 32살이나 먹었는데…. 그만 놀려도 되지 않을까?"
"내가 널 안 놀리면 무슨 재미로 사냐."
"전화 끊어. 여자친구랑 같이 있다며."
"아니 디저트를 먹으러 왔는데 오늘따라 여기 마카롱이 그렇게
동글동글하잖아."
"끊자."

동글동글하다며 놀려도
내가 가만있는 이유를
넌 알면서 자꾸 그러는 이유가 뭔데.

쓸데없이
달콤한 마카롱이
싫다.

잠의 맛

"아침에 일어나면 입에서 퍼석퍼석한 맛이 나."
"그지? 난 쓴맛이 나는데…"
"요즘은 참 잠이 맛없어…"

하루의 마무리.
쉬이 잠에 들지 못하는 날이 많아졌다.
몸은 피곤해도 생각은 자꾸 깨어있으려고 한다.

이런 날은 자기 글렀다는 걸 안다.
그러면 잠의 문턱에서 손을 들어 기차를 잡아탄다.
목적지는 답을 찾아 떠나는 생각 여행

그 기차에 올라타면 난 늘
창가 자리에 앉는다.

목적지는 없다.

정확한 숫자로
정확한 수치로
생각 기차가 가는 곳은 좌표가 없다.

그래서 그 여행은 쉽게 끝나질 않아
뜬 눈으로 지새는 경우가 많다.

그 해답은 내 안에 있다는 걸 잘 안다.
그런데 해답 노트를 안고 있음에도 그 답이 보이질 않는다.

그래서 오늘도 하얗게 밤을 보낸다.
내 안에 숨겨진 답을 찾기 위해.

그렇게 잠에 들면
꿀맛을 볼 수 있는 걸까?

정답을 찾은 자가
먹을 수 있는 달콤한 꿀.

추억은
용서가 된다

추억은
용서가 된다.

어쩌면
오늘의 나를 후회하는 날이 올지도 모른다.

그땐 아마
멍청하고 바보 같았던 오늘의 나를 질책하겠지만
오늘의 나의 선택은 옳다고 믿는다.

나중에 후회하지 않을 거란 보장도 없고
후회할 거란 확신도 없으면서

내가 다칠 게 뻔한 길을 가야 하는 건 아니니까.

혹시나 후회하는 날이 되면
이 불안하고 아픈 순간이
모두 '추억'이라는 이름 속에 갇히게 되겠지.

추억이면
모두 용서할 수 있으니까.

바삭바삭하게
힘들어

입 끝에 말이 걸렸는지 나오지 않는다.
군이 얘기하지 하지 않아도 밑으로 내려간 눈꼬리며
1분마다 내쉬는 한숨이 그녀가 많이 힘들어하고 있음을 알 수 있다.

멋있게 한마디 툭 던져 친구가 잠깐이라도 기대 쉴 수 있게 해주고
싶은데 이상하게도 난 아무 말도 할 수가 없다.

힘들다는 이야기를 꺼내지 않았으니 그냥 모른 척 다른 이야기를
하는게 맞는건지 아니면 아는 척을 해야 하는 건지도 모르겠다.

힘들다는 걸 티내지 않으려 애쓰는게 더 힘들다는 걸 안다.
그럼에도 앞에서 '힘내'라는 두 마디를 쉽게 던질 수가 없다.

왜냐하면 진짜 힘들 때 누군가에게 '힘들지?' 란 말을 들으면
약해져 있던 마음이 와르르 무너져 내린다는 걸 알기 때문에 더
조심스럽다.

아슬아슬 카드 탑 쌓기 놀이를 하고 있는 친구 앞에서 크게 숨 쉬는
것도 위험할 수 있다는 걸 알기 때문에

결국 친구에게 아무 말도 못 하고 거리로 나왔다.

버스정류장으로 걸어가는 길
길에 떨어진 낙엽이 바삭바삭 소리를 내며 밟혔다.
이 소리가 친구의 마음 같아 낙엽을 피해서 걸었다.

조심조심, 그러다 결국 하나의 낙엽을 밟고 말았다.

바삭~

힘든 내 친구의 마음을 밟아버린 것 같았다.

이 가을.
친구의 마음 같은 낙엽이 온 세상에 나뒹굴고 있어 어느 가을보다 아프다.

그리고 누군가 위로랍시고
낙엽처럼 바싹 말라버린 내 친구의 마음을 밟을까 봐 걱정된다.

하다가

누군가에게 연락할까 하다가 관뒀다.
보고 싶기도 하고 사는 이야기도 궁금하고
특히 웃는 모습이 보고 싶어서 연락할까 하다가 관뒀다.

어젠 또 운동할까 하다 관뒀다.
내일 하지 뭐 넘겼지만 결국 오늘도 못했다. 아니 안 했다.

하다가

일상의 순간 속엔 많은 말들이 들어있지만 오늘 문득 유난히 이
'하다가'라는 단어가 참 많이 들어있었구나 하는 생각이 들었다.

끝맺지 않은 것
나의 약한 의지를 증명하는 것
오롯이 모든 정신과 행동을 쏟아 붓지 않은 것

10대에는
공부하다가

20대에는
배우려 하다가
도전하려 하다가
고백하려 하다가

30대에는
화내려 하다가
고백하려 하다가
그만두려 하다가

이들 다음에는 다른 상태나 동작으로 옮겨가 그것을 완성시키면
좋을 텐데 그러질 못했다. 나의 '하다가'는 항상 정말 한심한 하나의

결론으로 끝난 게 많았다.

'하다가' 뒤에 '포기했다'가 붙어 문장을 완성시켜온 것이다.

'~하다가 포기했어.'
어디 하나 어색한 구석 없이 아주 자연스럽게 문장이 완성된다.

이제부터라도 늦지 않았으니
내 인생에 들어가는 '하다가' 문장을 다르게 완성시켜봐야겠다.
제일 먼저 당장 그 사람에게 전화를 해야겠다.

와인

"얼마나 더 기다려야 해?"

물어보지 말아야 할 걸 묻고야 말았다.

"글쎄…"

여기서 그만뒀어야 했다.

"내 차례가 오기는 해?"
"…"

기다려도 안된다는 건 애초부터 알고 있었다.
시간이 모든 걸 해결해 준다는 말은 순 거짓말.
시간이 해결 못 하는 일은 있었다.

째깍째깍

정확하게 소리 내는 초침 바늘 소리가 심장을 콕콕 찔러대는 것 같다.

안된다는 걸 알면서도 시작했을 땐 되게 해보겠다는 말도 안 되는

자신감이 있었다. 무식하리만큼 용감했었다.

그런데 시간은 그걸 야금야금 갉아먹고

구멍난 상처투성이로 만들었다.

그 구멍에 와인을 털어 넣는다.

빨간 그 빛깔이

색 바랜 심장에

빨간 물이라도 들일 수 있게

언젠가

그 물든 심장을

진짜 심장이라고 착각해서

사랑 앞에

또 용기라는 걸 낼 수 있게.

쌀밥 속 모래알,
자존심의 맛

갓 지어낸 따뜻한 뽀얀 쌀밥을 한 그릇 담아낸다.
밥그릇에서 모락모락 피어오르는 김이 식욕을 자극한다.

냉장고에 별다른 반찬이 없어도 맛있을 것 같은 비주얼.
엄마가 보내준 깻잎 반찬을 꺼내 밥그릇 옆에 차려놓는다.
조금 넘치듯 크게 한 숟갈 퍼서 그 위에 깻잎 한 장을 고이 얹는다.
그리고 한 입 야무지게 먹는다.
'곧 천상의 맛을 맛보겠지. 그래, 다 먹고살자고 하는 짓인데...'

그런데 아그작! 하고 기분이 깨지는 소리가 난다.

오랜만에 밥을 해 먹겠다고 한 내 탓이지.
그녀는 밥그릇을 싱크대에 아무렇게나 던져 넣는다.
괜한 화풀이.

쌀밥 속의 모래알.
개나 줘 버리고 싶은 자존심의 맛.

"우리 헤어져."

남자는 여자의 갑작스런 통보에 말을 잃었다.

이 말은 남자의 7번 뇌 신경을 마비시켰는지 표정관리가 영 엉망이다.
하지만 남자는 당황하지 않고 자신의 여자에게 이야기한다.

"또 왜 그래…"
"내가 생각해봤는데 우린 안 맞는 것 같아. 이쯤에서 끝내."

여자는 물러서지 않는다.
남자의 긴 한숨 소리가 이어진다. 그리고 그 한숨에 영혼까지 다 뱉어
버렸는지 이내 메마른 목소리로 대답한다.

"그래. 그럼 끝내자. 나도 이제 지친다."

그리고 남자는 뒤도 안 돌아보고 그녀의 곁을 떠난다.
우리가 알고 있는 수많은 이별 장면 중 하나.
여기에서 많은 남자들은 잘 모른다.
그녀가 헤어지잔 말을 하자마자 바로 후회하고 있었다는 사실을.

'어.... 이게 아닌데....'

"내가 이렇게 얘기하면 넌 항상 날 잡아줬잖아, 얼마 전 밤새 연락도
안 되고 좋아하는 영화 같이 보자고 했을 때 피곤하다고 쉬고 싶다고
얘기 한 건 너였잖아."
"이러면 안되는 거잖아."
"내가 헤어지자고 한 건 진짜 헤어지고 싶어서 그런 게 아니라는거..
니가 더 잘 알잖아."
"그러면 넌... 안되는 거잖아."

돌아오지 않는 메아리.

자존심 때문에 떠나는 남자를 잡지 못했음을.
그렇게 이별을 맞은 여자는 자신의 침대에서 이불을 뒤집어쓰고 밤새
울어 퉁퉁 부은 얼굴로 이불에 하이킥을 날리며 소리친다.

자존심! 개나 줘버리고 싶다!

맛있는 쌀밥에 씹힌 돌 따위 뱉어버리거나 삼키면 그만인데.

그냥 순간의 기분 나쁨을 못 견뎌 세운 자존심.
꼭 흰쌀밥의 모래알 맛이다.

삼키다

저 안 어딘가에 살고 있는 먹깨비 한 마리
하루에 내가 삼켜대는 오만가지 것들을 용케도 다 삼켜내고 있지.

오늘도 무척 배가 불렀겠지.
요즘은 하도 삼키는 게 많아서 소화불량에 걸렸을지도 몰라.

하고 싶은 말을 삼키고 해야 했던 행동을 삼키고
혼자 상상의 나래를 펼치던 생각들을 현실의 벽 앞에 삼켜.

울컥하고 나올 뻔했던 눈물을 삼키고 결국 하고 싶었던 마지막 한마디
좋아해.를 삼키고,
미안해를 삼키며 모른 척하고,
고마워를 삼키고 당연한 척하고…
하루에도 오만가지 것들을 삼켜대지.

누구나 가진 비슷한 기억들 중 하나.

엄마들이 아이들에게 쓴 약을 삼키게 하기 위해 숟가락에 가루약을 올리고 물을 부어 새끼 손가락으로 휘휘 저어 목 안으로 숟가락을 넣어주던 그 기억.

삼키기 어려운 일들이면 숟가락에 얹어 삼키면 되지.

삼켜야 하는 일들이 많아지는 게 어른이니까.

식은 녹차

사랑하는 두 사람은 모든 게 비슷했다.
보통은 전혀 다른 두 사람이 만나 사랑을 해야 더 오래 더 깊이 사랑할
수 있다던데 둘은 달랐다.

식성도 취향도 심지어는 주변 사람들에게 닮았다는 이야기도 들었다.
둘을 정의하는 말은 딱 한 가지.
천생연분.

그런데 세상 어디 완벽한 게 있을까.
둘에게 딱 한 가지 같지 않은 게 있었다.

남자가 좋아하는 녹차를 함께 마실 때면 여자는 꼭 식혀 먹곤 했다.
뜨거운 녹차는 마시지 못하는 특이 식성.
아주 뜨거운 온도보단 적당히 뜨거운 녹차가 풍미가 더 하다는 정도는
남자도 알고 있었지만 여자는 아주 식을 때까지 두었다가 먹곤 했다.

남자는 여자에게 물었다.

"왜 녹차를 그렇게 식혀 먹어?"
"이거... 언제부터인지는 모르겠지만... 뜨거운 녹차는 마시질
못하겠더라고... 뜨거운 녹차한테 크게 데인 적이 있나... 기억이
없어... 웃기지?"
"뜨거운 커피는 잘 마시면서 녹차는 식혀 먹으니까 특이하지..."
"나도 가끔 이런 내가 신기해... 항상 이렇게 근데 식은 녹차가 더
맛있는거 같기도 하고..."
"그래? 그럼 녹차 마실 땐 내 건 좀 나중에 시켜야겠다."

딱 하나가 다른 그들은 그가 그녀의 취향을 맞춰주면서 아무 문제도
아니었다. 시간차를 두고 녹차를 주문하면 되는 아주 간단한
문제였다. 그런데 이 간단한 문제가 시간이 지나서 큰 문제가 될 줄 두
사람은 전혀 몰랐다.

"시간 없어. 빨리 마시고 나가자"
"나 뜨거운 녹차 잘 못 마시잖아"
"그럼 커피 시키지... 시간도 별로 없는데 언제 식을 때까지 기다려..."

그의 친구 커플과 만나기로 한 날.
시간이 조금 남아 그와 함께 커피숍에 들렀다. 그런데 그날따라
커피숍엔 주문이 밀려있었고 뒤늦게 뜨거운 녹차 두 잔이 나왔다.
몇 분 뒤 약속 시간이 되자 뜨거운 녹차를 좋아하는 그와 식은 녹차를

좋아하는 그녀의 사이에 금이 갔다.

그는 아무 뜻 없이 그냥 한 말이었다. 하지만 그 아무 뜻 없이 내뱉은
말이 그녀는 무척 서운했다.

그녀는 그날 친구에게 전화를 걸어 밤새 울었고 그는 전화를 해도
받지 않는 그녀가 그냥 자고 있는 중이라고 생각했다.

단순한 취향의 차이
간단히 맞출 수 있는 취향의 차이가 나중엔 돌이킬 수 없는 오해의 시작이
된다.

어쩌면 그와 그녀가 시간이 흘러 "왜 그때 우리가 헤어졌을까?"를
생각해보면 '식은 녹차'가 떠올라 웃을지도 모른다.

'식은 녹차'가 뭐길래 우리가 헤어졌을까.. 하고 말이다.

요리의 맛

요즘은 말이죠
요리 하나쯤은 당연히 해야 하는 날들이에요.

요리를 못 하면 사람 취급도 안 하더라고요.
다들 요리 하난 하고 있으니까.
나도 한번 해봐야겠다…

그래서 용기 내서 마트라는 곳엘 가보았어요.
가기 전에 하고 싶은 요리의 재료도 꼼꼼히 적어갔죠.

가장 싱싱해 보이는 놈들로 가장 제대로 된 놈들로 잘 골라서 왔어요.
생각보다 좀.. 비싸더군요.

앞치마라는 걸 꺼내 매어 보았어요.
참 안 어울린다 생각했지만 그래도 예의는 갖추어야 하니까요.

재료 손질을 하나씩 하기 시작했어요.
서툰 칼질에 손이라도 베일 새라 집중에 집중. 조심에 조심.

커다란 접시에 손질한 재료들을 놓았어요.
알록달록 예쁜 색깔에 벌써부터 기분이 좋아지더군요.

요리라는걸 하고있는 스스로가 너무 대견했어요.
프린트해놓은 레시피를 신처럼 믿으며 한 방울이라도 더 들어가거나
덜 들어갈까 봐 신중하고 또 신중했어요.

레인지 위에서 끓고 있는 저것이 정말 저의 첫 번째 요리인지..
비주얼하며 냄새가... 스스로 느껴도 믿기질 않더군요.

그런데 말이에요.

왜...
처음이라 하라는 데로 했는데 왜 그 맛이 안 날까요?
어디서부터 잘못된 걸까요?
재료가 이상한 걸까요?
레시피가 잘못된 걸까요?
제가... 부족한 걸까요??

그리고 참 이상하네요.
요리가 나와 당신의 얘기 같아요.

15초

난 알고 있죠
굳이 말로 하지 않아도
그대 마음 나를 향해 있단 걸

당신도 알고 있죠
그냥 웃는 내 얼굴이
당신으로 향한 내 마음 때문이란 걸

바다와 하늘이 끝없는 수평선을 그리듯
당신과 나도 그렇죠.

끝없이 닿을 수 없는 거리를 두고
서로를 바라보고 있단 걸

당신이 손을 내밀면
그 따뜻한 두 손잡을 텐데

딱 15초
그 시간을 기억할게요.

우리가 마음의 두 손잡은 그 시간

너무 보고 싶다고 울지 않을게요.
목소리 듣고 싶다고 전화하지도 않을게요.
꿈에라도 보자는 헛된 상상하지 않을게요.
딱 그만큼이 우리의 시간인 걸

흐트러진 내 머릴 만져준 그 시간
내가 내 마음을 알기에 걸린 시간

15초.
그 순간의 시간에 미리 알았더라면
당신과 많은 시간을 함께 할 수 있었을까요?

부스러기

너무 맛있는 음식이 한 상 차려져 있다.
일류의 손맛을 가진 누군가가 차려준 음식이거나 내가 최선을 다해
차린 한상.

하나씩 맛보다 보니 배가 부르거나 내 입맛을 당기는 어느 하나에
집중하다 보면 여러 가지 음식 중 어느 하나는 한입만 먹고 먹지 못한
것들이 생기게 된다. 그러면 나중에 그때 남긴 그 음식이 생각난다.

"아... 그때 그것도 맛있었는데... 왜 그때 내가 안 먹은 거지? 먹고
싶다..."

뒤늦게 먹고 싶다고 해도 먹을 수 없는 것.

깨끗이 정리했다고 해도 어딘가 한구석엔 남는 부스러기.
깨끗한 방인 줄 알았다가 구석에 흘린 부스러기를 밟았을 때처럼
갑자기 툭 하고 튀어나오는 게 '미련 부스러기'라는 놈이다.

사랑하지 못한 사람
가지려다 갖지 못한 물건
내게 주어진 기회였는데 컨디션 상 포기해야 했던 일들
내가 놓친 모든 것들은 미련 부스러기를 남긴다.

내가 지나온 길을 뒤돌아보면 이런 미련 부스러기들이 쭉 뿌려져
있다. 미련을 남긴 것들이 많다면 그 길이 좀 지저분할 수도 있다.
그런데 지저분하면 좀 어떠랴 앞만 보며 열심히 달리면 되지.

근데 문제는 이럴 때다. 열심히 앞으로 걷다 어느 날 뒤를 돌아봤는데 그 부스러기 중 유난히 나를 애잔하게 보는 것들을 발견하게 될 때, 그 부스러기들이 나에게 이야기한다.

"나는 왜 이렇게 부스러기로 여기 남겨져야 하는 건데?"

그 억울한 메아리가 심장에 꽂히면 다시 돌아가 저 부스러기를 손으로 콕 찍어 먹어버리고 싶은 욕망이 미친 듯이 끓어오른다.

그런데 현실은 절대로 그 자리로 돌아갈 수 없다는 것.
그리고 그 부스러기, 내가 먹지 못해 남긴 것들은 다 이유가 있어서 그 자리에 남겨진 것들이라는 점이다.

그 부스러기 속에는 미련이랑 억울함이 섞여 있다.
내가 맛보지 못한 억울함 때문에 다시 돌아가고 싶다 더 크게 메아리치고 있을 수도 있다.

어차피 내 것이 아닌 것들이 남겨졌을 뿐이다.
어차피 지금은 그때로 다시 돌아갈 수 없다.

앞으로 내 것이 생기게 되면 그때 부스러기를 조금 덜 남기면 된다.
깨끗이 냅킨을 깔고 정갈하게 한입씩 조심조심 베어 물고
가슴 깊숙이 그 맛을 모조리 느끼며 오롯이 내 것으로 만들면 된다.
이렇게 해도 아차! 하고 한 방울 튄 국물 때문에 또 미련이 생길지도
모르지만 말이다.

아…
이 시점에서 불판 위에 올려놓고 나온 삼겹살 몇 점이 생각나는 건…
미련한 욕심인가?
억울한 외침인가?
다시 돌아갈 수 없으니 냉동실 안에 있는 꽝꽝 언 삼겹살을 꺼내놓고
자야겠다. 내일 맛있게 구워 먹으면 될 테니.

어차피 기회는 또다시 온다.

답답해

너와 나 그리고 우리.

분명히 한글을 쓰고 말하는 한민족

그런데 넌 내가 하는 얘기를 전혀 다른 얘기로 받아들이고 있어.

한 번, 두 번

이리 돌리고 저리 첨부해서 내 머릿속과 마음속에 있는 생각을 최선을

다해 이야기하면

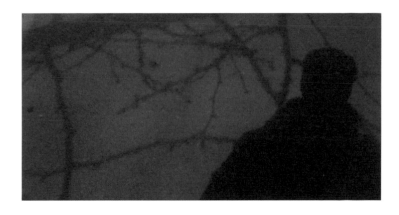

"그래서?"

"좋은 생각이 아닌 것 같은데.. 다른 아이디어는 없어?"

"무슨 얘긴지 모르겠어. 그만 끊자"

"우린 서로 안 맞는 것 같아"

이럴 땐

"그럴 거면 왜 물어본 건데?" 하고 싶지만

그냥 꾹꾹 눌러 담는다. 마음 쓰레기통에

내뱉지 못한 말들을 담아 놓는 마음 쓰레기통.

이 쓰레기통이 꽉 차면 가슴이 답답해진다.

심지어는 실제로 숨이 막히는 듯한 착각이 들기도 한다.

뭘 해도 가득 찬 마음 쓰레기통이 비워지지 않을 땐

비법이 하나 있다.

눈에는 눈 이에는 이!
오히려 더 답답하게 건빵을 우걱우걱 씹어 먹는 것!

한 열 개쯤 먹고 나면
입에 침이 마르고 턱턱 숨이 목까지 차오른다.
그때 비로소 느낀다.

'아... 내가 이만큼 답답하구나...'
그리고는 눈물 한 방울이 또르르 떨어진다.

눈물 한 방울이 비워지면 그만큼 마음 쓰레기통에 공간이 생긴다.

무식한 방법이라고 욕해도 좋다.
그런데 한번 이 방법을 써보는 것도 추천한다.
얼마나 내가 답답한지...

그 사람이
이 상황이 얼마나 갑갑한지.
진짜 실감 나게 느낄 수 있으니까.

쓰디쓴
새벽공기

새벽 2시
버스도 지하철도 다니지 않는다.
그렇다고 택시를 타고 싶은 생각은 더더욱 없다.

그냥 억울했다.
분해서 눈물밖에 나오질 않았다.

먼저 시작한 쪽은 그였다.
처음부터 마음에 들지도 않았다.

이 세상에 다시없을 사람마냥 굴었었다.
그렇게 믿었다.

믿는 순간 조금씩 멀어져 갔다.
틈이 보였지만 애써 부정했다.
그렇게 잘했는데 틈이 생길 리 없다고 믿었다.

결국
그에게서 더 이상은 사랑하지 않는다는 말을 들었다.
눈을 똑바로 마주하며 정확하게 내뱉는 그의 목소리가 역겨웠다.

뒤도 돌아보지 않고 걸어 나왔다.
헤어짐. 이별.
심장이 갈기갈기 찢어지는 이 고통이 싫어서 시작하지 않으려고 했다.
마지막 사랑만 기다렸다 사랑하고 싶었다.

결국 내 잘못이란 생각을 하는 그녀였다.
잠수교를 지나 저 먼 곳 불빛을 따라 걷고 또 걸었다.
폐까지 파고드는 새벽 공기가 참 쓰다.

원 없이 울고
눈물이 말라갈 때쯤 그녀는 생각했다.

하지 못해 우는 것보다
하고 싶은 것 속에서 괴로워하며 우는 게
그래도 조금 더 나은 거라고.

사랑을 하지 못해 우는 것보다
이렇게 못난 사랑 때문에 괴로워하며 우는 게
그래도 조금은 더 나은 거라고.

기다림,
소프트아이스크림

약속시간보다 조금 일찍 도착했다
아직 그녀가 오려면 30분이나 기다려야 했다.

뜨거운 햇살. 그녀에게 문자를 한다.

"언제쯤 도착해?"
"10분 정도면 도착할 것 같아 벌써 왔어?"
"응 천천히 와^^"
"날아서 갈게~ 좀만 기다려^^"

날아서 온다는 그녀의 말에 그의 마음은 단숨에 하늘로 날아올랐다.
30분이 아니라 평생을 기다릴 수도 있겠단 마음.
그가 그녀에게 갖고 있는 깊은 마음이었다. 진심이었다.

옷 가게에 걸린 원피스를 보면 '니가 입으면 더 예쁘겠다' 하고
새로운 음식점을 지날 때면 '다음에 너랑 같이 와야지' 하고
꽃가게를 지나면 '꽃향기 보다 니 향기가 더 좋은데...' 했다.
이렇게 그녀를 기다렸다.

그리고 약속시간이 2분 정도 남았을 때, 돌아가는 길에 소프트
아이스크림 가게에서 아이스크림을 두 개 샀다. 분명 그를 보기 위해
조금은 서둘렀을 그녀에게 달콤하고 시원한 마음을 주고 싶었기
때문이다.

약속시간. 날아오겠다던 그녀가 오지 않았다.

뜨거운 공기에 소프트아이스크림도 조금씩 녹았다.
아이스크림은 녹아서 그의 손 위로 뚝뚝 흘러내렸다.
왠지 그의 마음도 녹아 흘러내리는 듯했다.

주머니 속 전화벨이 울렸다. 양손에 든 아이스크림 때문에 전화를
받지 못했다. 곧 그녀가 저쪽에서 미안하다며 뛰어올 테니까.
조금 녹은 아이스크림은 이해해줄 테니까. 그렇게 아이스크림도 그의
마음도 모두 녹아내릴 때까지 기다렸다.

1년 뒤,
그는 직장 상사와 길을 걷다 소프트아이스크림 가게를 지나게 되었다.

"김대리 더운데 아이스크림이나 하나 먹을까?"
"그러시죠."

그는 아이스크림을 받자마자 허겁지겁 베어 먹었다.
마치 아이스크림에 환장한 사람처럼.
순식간에 아이스크림은 사라졌다.

"아이스크림 하나 터프하게 먹는구만… 아이스크림을 그렇게 먹는 사람은 처음 봤네. 아이스크림은 혀로 살살 녹여 먹어야 맛있는데 말이야…"

그는 슬픈 눈빛을 감추며 직장 상사에게 얘기했다.

"인생이 아이스크림 같더라고요.
녹기 전에 빨리 먹어야지 그 맛을 보려고 기다리잖아요?
그럼 다 녹아서 먹지도 못하고 버리게 되더라고요.
기다리다가 남이 뺏어 먹을 수도 있고…
그래서 전 녹기 전에 빨리 먹습니다.
다신 기다리는 바보 같은 짓은 안 하려고요."

눈물 맛
소주

친한 그녀와 훌쩍 떠난 당일치기 춘천 여행. 숯불 닭갈비에 잣
막걸리를 먹으며 또다시 돌아온 봄을 만끽하던 중이었다.
구수한 막걸리를 먹으며 그녀가 말했다.

"내가 이별하고 마신 소주가 정말 어마어마할 거야"

막걸리를 마시면서 뜬금없는 소주 이야기.

"속상해서 마신 소주는 내 눈물 맛이 날까 봐. 가끔 소주를 먹기 싫을 때가 있어."

막걸리를 시원하게 들이켠다. 그녀가 하도 시원하게 마시길래 나도 꿀꺽꿀꺽 소리를 내며 막걸리를 마셨다. 가슴속까지 시원해지는 느낌, 그래 이거지.

어릴 때 어른들은 왜 독한 향이 나는 소주를 저렇게 맛있게도 마시는 걸까 궁금했었다. 실험시간에 맡았던 알코올램프 속 액체. 휘발성이 있는 성분의 알코올 냄새. 냄새만 맡아도 저절로 표정이 일그러졌던 그때의 소주가 세상맛을 조금 맛보고 맛을 알고 나니 알겠더라. 어른들이 소주를 마시는 이유를.

가슴속에 턱 하고 막힌 것들을 없애고 싶은데 이 알코올이라는 것이 휘발성이 있으니까 왠지 이것들을 갖고 날아갈 것 같은 느낌이 들더라. 과학적 근거는 전혀 없지만 그렇더라.

그리고 가끔은 진짜 그녀의 말처럼 거기에서 내 눈물 맛이 날 때가
있더라. 그땐 알코올 향은 없고 짭짤한 맛만 나더라.
얼굴을 타고 내린 눈물이 소주잔에 섞여서 일테지.
거기에 내 한숨도 미련도 후회도 섞여서 일테지.

그러고 보니 눈물 없이 마셔본 소주가 없네.
소주를 마실 땐 언제나 속으론 울고 있었으니.

HOT TASTE

아프다.

가끔은
아플 때
더 아프게 해 본다.

그러면
그전의 고통은
조금 덜 한 게 되니까

그래서
가슴이 머리가
아프면
매운 걸 먹는다.

매운 건
고통을 느끼는
통각이라고 한다.

그러면 매운 고통이
조금 덜 아픈 세상으로
만들어 주기도 한다.

이렇게 가끔은
아찔한 매운맛 같은 일들이
우리 삶에 필요하다.

둔해지다

"난 더 이상 설레지 않아."

아무런 감정도 섞이지 않은 목소리.

굳이 이유를 묻지 않아도 그의 말이 끝난 후부터 이별의 시간이
시작됐음을 알 수 있었다.

평소와 다름없이 약속을 잡고 영화를 보고 맛있는 걸 먹었다.
보고 싶었던 최신 영화였고 유별나게 고른 특별한 메뉴의 저녁도
아니었다.
일상이었다. 갑자기 찾아온 이별.

그래서 슬프지 않은 걸까?
그녀도 '그래'라는 메마른 대답만 던지고 서로의 눈 한번 바라보지
않고 집으로 돌아왔다.

엄청 사랑했었다.
주위에서 유별나다고 할 정도로 매일 붙어 다녔다.

목숨과도 바꿀 수 있는 사랑. 영화나 드라마에서만 나오는 그런
사랑이었다. 영원할 줄 알았다.

자극적이었다. 바라보는 눈빛도 대하는 몸짓도 달콤한 속삭임도…
너무 자극적이어서 그 맛에 둔해져 버렸는지도 모르겠다.
그렇게 사랑했는데 눈물 한 방울 나지 않는 게 왠지 억울하단 생각이
들었다.

그녀는 냉장고를 열어 아주 매운 청양고추 하나를 베어 물었다.
매운맛이 왠지 울어도 될 것 같은 맛이었다.
이러다 보면 이 매운맛에도 둔해지겠지.
그러니 지금은 울어도 돼.

제조일자

삼추지사(三秋之思)
예전에 그가 그녀에게 무심하게 던진 그 말의 뜻을 그땐 대충
넘겼었다. 뭐 대단한 의미가 있으려니..
그런데 그녀는 뜻을 알고 나서 멍해졌다.

그리고 그 사람에게 전화를 건다.
그 사람의 목소리를 들으며 마음의 갈증을 해소시킨다.
갑자기 왜 그 사람이 마음에 들어왔을까?

그가 그녀에게 키스했던 그날도 자신의 마음을 툴툴대며 고백하던
그날도 그녀의 마음이 이렇게 변할 줄은 몰랐다.

자기 것이 아닌 다른 것을 탐한다거나 갖고 싶어 한 적은 없었다.
다른 사람과 똑같은 건 절대 갖고 싶지 않아 하는 그녀였다.

그런데 다른 사람이 가진 그 사람을 갖고 싶단 생각을 하게 돼 버린 이
상황이 그녀를 당황시켰다. 그리고 이 당황스러움은 그녀가 그만큼
그를 좋아한단 의미라는 걸 그녀는 너무 잘 알고 있다.

왜 이러지...
도무지 그 사람을 좋아하게 된 그 시작을 알 수가 없다.
얼마 전부터 걷잡을 수 없이 커지는 마음을 멈출 수가 없다.

수요일에 그 사람을 보기로 했다.
영화를 보고 밥을 먹기로 했다.
수요일까지의 그녀의 시간이 삼추지사.

어쩌면 수많은 여자 중의 하나일지도 모른다는 사실.
그가 그의 보금자리를 절대로 배신하지 않을 사람이란 것도 잘 아는 그녀다. 그런데 그녀의 마음은 그를 원한다.

미쳤나…

어디가 고장 났나…

수없이 되뇌어도 답은 하나.

그냥 그가 좋다.

요즘 마음이 약해져서 그 틈으로 그 사람이 끼어든 건 아닌가 싶어

그녀는 자신의 상황이 싫기도 하다.

근데 그런저런 상념들보다 그냥. 그 사람이 미치도록 보고 싶다.

수요일에 보고 나면… 더 보고 싶어질텐데… 큰일이다.

그녀의 마음이 첫사랑을 하던 16살로 돌아가 버린 기분이다.

아무것도 할 수 없는 게 속상하다.

사람은 함께 있어도 외롭다고 했던가.

정말 얼마 전까지만 해도 이러지 않았는데 왜 이러는지 모르겠다.

그리고 더 미치겠는건..

이 마음이 언제부터인지…

그녀는 도무지 알 수가 없다.

왠지 그걸 알면 멈출 수도 있을 것 같은데…

그리고 이 마음의 유효기간이 언제까지인지도..

누군가를 좋아하는 마음은
제조일자를 정확히 알 수 없다.

그냥 포장지에 갇힌 그 마음을 그 사람이 열어주기를 바랄 뿐.

감정 레시피

감정 레시피 1

눈을 가리면 그리움이 없어질까

눈을 가리면
너와 걷던 풍경도 보이지 않고
차마 지우지 못한 니 이름
함께 웃고 있는 사진도 볼 수 없어서
그리움에 빠지지 않을 수 있으니
그러면 그리움이 없어질까?

감정 레시피 2

문득 니가 생각나 한동안 멍해져
내 기억 속에 예상치 못한 등장을 즐기는 넌
나를 한참 동안이나 추억에 가두어 놓지
그리고 그 기억들은 고리에 고리를 걸어
내가 빠져나오지 못하게

너는 어떠니
너도 가끔 나와의 기억 속에 갇히곤 하니?
나처럼 말이야

감정 레시피 3

바보처럼 나는 자꾸 니가 생각나
머리론 완벽히 지웠다고 생각했는데

너에게 또 연락을 하면 내가 또 다칠까 봐
내 마음을 꽁꽁 묶어놔
네게 다시 가지 못하게

비가 내리고
니가 내려서
나는 젖는다

니가 내리고
비가 내려서
나는 운다

감정 레시피 4

사랑은 배고픔과 같다
누군가를 그리워하고 고파하다

그 사람으로 채워지지 않으면
더 맛있고 향기 좋은 것을 찾게 된다. 다른 사람이 생기면 예전의
배고픔은 잊혀지고 또 다른 허기가 몰려온다.

사랑과 배고픔은 같다
얼마 전까진 죽을 만큼 니가 고팠는데
이젠 기억이 안 나

나만 행복하면 돼
내가 행복한 이유를 찾으며 살래

좋으면 좋은 거고

감정 레시피 5

나 고쳐먹었어

이제 이것저것 다 따지고 거부하고 하는 게 뭐가 중요한가 싶다

내가 정한 잣대가 정답도 아닌 걸

지금까지 정답인 줄 알고 살았던 거지

내 기준에 맞추려고만 했지

내가 맞추려고 하진 않았던 거 같아

그러니까 행복하지 않았던 거야

싫으면 싫은 거야

좋으면 좋은 거야

굳이 안 하려고 하지 않을래

나 고쳐먹었어

화력 조절

"그래서 그다음엔 어떻게 해야 한다고?"
"일단 중간 불로 은근하게 끓였다가 센 불로 팔팔 끓인 다음에 약한 불로 서서히 저어서 익혀."
"뭐가 그렇게 복잡해."
"그래야 맛있어."
"그냥 센 불로 끓이면 안 돼?"
"그래도 되긴 하지만 맛이 없지."

엄마와 전화를 끊는다.
메모지에 적힌 화력 조절 단계가 무슨 암호로 보인다.

에라~ 그냥 센 불로 해버리자.

엄마의 충고를 무시하고 센 불로 요리를 시작한다.
뭐 결과는 굳이 말을 안 해도 실패다.

맛도 없고 밑은 타고 엉망진창이 되어 버린 요리 때문에 기분은 더

상한다. 이 기분은 화력조절을 못 한 자신의 탓이다.

요리에서 가장 중요한 것 중 하나가 화력조절.
삶에서도 중요한 게 바로 이 화력조절, 감정 조절이 아닌가 싶다.

가끔 내 안의 밸브가 고장 난 게 아닌가 하는 순간이 있다.
그렇게 열을 내야 할 상황이 아닌데 순간 확~!
그러면 정성 들여 시작한 요리도 먹지 못할 정도로 엉망진창이 된다.

알면서도
열이 확! 오르는 순간엔 밸브고 뭐고 없다.
내가 조절을 잘하면 뭐하나 하는 생각이 들어서다.
주위의 상황이 그렇게 두질 않는데..

그런데 결국 그렇게 되면 맛없는 기분이 된다.
괜히 높여버린 화력 때문에.

삶이란 요리는
뭉근하게 오래오래 맛이 들도록 약한 불로 오랜 시간을 끓여야 하는
일들도 있고 반면 처음부터 화끈하게 질러서 완성되는 일들도 있다.

매일매일 하는 화력조절.
아궁이를 열었다 닫았다 스스로 잘하는 요령은 답이 없다.
살면서 얻는 지혜가 매뉴얼이 될 뿐.

배달사고

내 마음을 보낸지
벌써 몇 달째

엉뚱한 곳으로 가버렸는지
넌 그곳에 없는건지

배달사고가 난건지
아직도 네게 도착하지 않았나 봐.

내 마음을 보고도
모른 체하는 걸 보니

집에 돌아왔을 때
니 마음이 배달 와 있으면 좋겠어.

수취인 불명 딱지가 붙은
내 마음이 아니라

참

자전거를 타고 오르막을 허벅지가 터지도록 오르고 나면
그다음엔 페달에 발을 얹고 신나게 내리막을 내려올 수 있다.
그 재미가 있어서 힘들게 자전거로 오르막을 오른다.

그런데 우리 사는 건 왜 이런지 모르겠다.
몸이 터지고 머리 터지게 오르막을 오르고 나면 그다음엔 내려올까
무섭다. 브레이크를 있는 힘껏 밟으며 최대한 천천히 내려오고 싶어서
안간힘을 쓴다. 근데 그것도 잘 안된다.

잘못 디디면 힘들게 올라간 보람, 노력, 보상 따윈 없다.
내려오는 건 한순간.

이 생각을 하고 있으면 오르막도 내리막도 너무 힘들다.

힘들게 산다. 우리
참,

첫 경험

아는 단어 중 꽤 섹시한 말.
인생에서 가장 중요한 순간들 중 첫 번째.
다시 오지 않을 찰나의 순간.

그 찰나를 어떻게 넘기느냐가 인생의 기준을 결정해버리는 경우도
있다. 그래서 첫 경험이라는 말이 더 섹시하게 느껴지는지도
모르겠다.

처음 무언가를 맛봤을 때 그것이 예민한 감각 중추들을
얼마나 만족시켰느냐 얼마나 세포 하나하나에 짜릿하게 오래
각인되었느냐에 따라 '기호, 취향'이라는 명찰을 달고 내게 남는다.

그렇게 짜릿함의 강도에 따라 첫 경험의 점들이 나에게 찍히는데
그 점들을 따라 쭉 이어 그리면 인생이 된다.
그런데 첫 경험이라고 해서 모두 짜릿한 건 아니다.

아무런 감동도 감흥도 없이 지루하고
다신 보고 싶지 않을 정도로 오싹한 소름이 각인되는 순간.
첫 경험은 아무리 지우려 해봐도 지워지지 않는 나쁜 기억이 된다.
그 이유는 다신 돌아오지 않을 유일무이한 기회
첫 경험이기 때문에.

첫 경험에 대한 안 좋은 추억은 똑같은 경험의 반복이나
좀 더 스킬이 좋은 사람들의 손을 거치며 조금 나아질 순 있다.
하지만 희망적이진 않다.
첫 경험만큼 체내 세포에 격렬하게 각인되는 감각도 없다.

내일 내가 하게 될 매 순간들은 모두 다 첫 경험.
모두가 짜릿하고 황홀했으면 좋겠지만 그렇지 않을 수도 있단 각오는
어느 한구석에 총알처럼 가지고 있자.

당신이 하는 모든 것들이 내겐 첫 경험이고 내가 하는 모든 것들도 누군가에겐 첫 경험이다.

짜릿하자.
황홀하자.
첫 경험이 갖는 섹시함을 절대 잃지 말자.

외로운 맛,
야식

저녁 11시 퇴근길.
누군가에게 전화를 걸어 '아.. 힘들다..'
내 한숨을 누군가의 어깨에 툭 하고 기대고 싶은데 그럴 사람이
떠오르지 않을 때가 있다.

사람이 없는 게 아니라 그 사람에게 폐가 갈까 봐 쉽게 전화를 할 수
없는 상황.

다음날 이른 시간에 출근을 해야 할 수도 있고 회의 중일 수도 있고 우는 아이를 달래느라 진이 다 빠진 상태일 수도 있고 알콩달콩 신혼 재미를 맛보는 중일 수도 있으니까. 갑자기 가족에게 전화를 할 수도 없다. 그럼 분명히 걱정하실 테니.

이럴 땐 참 외롭다. 이 세상에 덩그러니 혼자 있는 느낌이 든다. 애꿎은 전화기만 만지락 만지작.

그러다 "에라 모르겠다"하는 심정으로 전화를 하는 곳.
그곳이 어디겠는가!
바로 야식배달.

족발, 치킨, 닭발, 보쌈,
새벽 4시까지 전화를 받아준다.
것도 친절하기까지 하다.

그렇게 배달 온 야식을 시원한 맥주 한 캔과 함께 먹어치운다.
다음날은 걱정하지 않은 채.

야식의 맛.
외로움의 맛이 아닐까.

늦은 저녁 전화할 데가 마땅히 없는 사람들을 위한
외로운 전화들이 모이는 곳.

그런데 이 외로운 맛은 살을 꼭 찌운다. 아… 외로운 이 살들은
외로워서 그런지 내 곁을 떠나지 않으려 한다.
난 혼자라도 괜찮으니 제발..
떠나줬으면 좋겠는데…

먹어봐야
맛을 안다

"음식도 먹어보지 않으면 맛을 모르는데 사람을 만나보지도 않고
어떻게 알아요."

"왜 몰라. 음식은 대충 재료랑 조리방법만 보면 어떤 맛인지 예상
되잖아. 사람도 똑같아. 이런 부분이 언젠가는 문제가 될 거라는 걸
꼭 만나봐야 아니.. 몇 번 만나보면 말투나 버릇 그리고 성향에서 딱
느낌이 오는데....."

"사람들의 손맛에 따라 맛이 달라지는 것처럼 그 문제가 문제가 아닐
수도 있잖아요."

"아니야. 내가 볼 때 그 문제는 문제일 수 있어. 그 맛을 내가
알겠다는데... 그래서 내가 싫어하는 맛이니까 먹기 싫어서 안
먹겠다는데 왜 억지로 먹이려고 해.."

"억지로 먹이려는 게 아니라.. 매번 이런 식이니까 그런 거잖아요"

"어떤 음식을 안 먹고 산다고 큰 문제가 생기는 건 아니잖아. 그러니까
그 사람을 안 만났다고 내 인생이 불행하거나 이상하진 않아.
그러니까 잔소리 그만해."

"잔소리가 아냐. 언젠가는 아쉬울 거야."
"맛보지 못한 것에 대한 아쉬움"
"난 누나가 아쉬워 질까 봐 그게 걱정인 거야. 그러다 모든 음식을 다
안 먹게 될까 봐."

통통
쿡쿡

통통

잘 익었나 덜 익었나 두드려 본다.

쿡쿡

나한테 관심 있는지 아닌지 찔러본다.

통통

맛있게 익은 소리가 뭔지 몰라 계속 두드린다.

통통

쿡쿡

이 사람이 맞는지

다른 사람이 맞는지 잘 몰라

계속 찔러본다.

쿡쿡

통통

그렇게 자꾸 두드리면 상합니다.

과일가게 아저씨의 경고

"상한 과일 사 갈 거예요?"

쿡쿡

그렇게 자꾸 찔러만 보면 마음만 상해.

그러니까 더 이상 찔러보지 마.

너에게 보내는 마지막 경고.

"나랑 만날 거 아니잖아."

저기요

저기요,
몰라서 아무 말도 안 하고 있는 게 아니에요.

저기요,
무서워서 아무 말도 안 하는 게 아니에요.

저기요,
멍청해서 웃고만 있는 게 아니에요.

저기요,
괜찮아서 괜찮은 척한 게 아니에요.

저기요,
좋아서 좋다고 한 게 아니에요.

저기요,
좋아하지 않아서 당신을 보낸 게 아니에요

저기요,
저기요,

식당에서 이모를 부르는 소리가 아니에요.
당신을 부르는 소리예요.

저기요,
한 번만 내가 어떤지 진짜 제대로 봐줄 순 없나요?

저기요,
당신들 앞에 내가 보이긴 하는 건가요?

저기요,

마음, 먹기

"원래 한번 해보면 다음엔 잘하잖아요."

"그렇죠. 경험을 통해 배우니까."

"그런데 참 해도 해도 안 되는 게 있어요."

"그게 뭔데요?"

"사랑이요."

"그게 왜 잘 안되는데요?"

"글쎄요. 하면 할수록 어려워요."

"혹시 자전거 탈 수 있어요?"

"자전거요? 네 탈 줄 알아요."

"자전거 언제 배웠어요?"

"7살 때 처음 배운 거 같아요."

"처음 타자마자 잘 탔어요?"

"아뇨 넘어지기 일쑤였죠."

"많이 다치기도 했겠네요?"

"그럼요 무릎이며 다리며 긁혀서 피가 났었는걸요?"

"아프니까 그땐 다신 타기 싫었겠네요?"

"그랬죠."

"그래서 다시 안 탔어요?"

"아뇨. 다시 탔죠. 그러니까 지금도 탈 수 있죠."

"사랑도 그런 거예요."

"네?"

"그렇게 다치는 거 겁내지 말고 계속 계속 하다 보면 익숙해지는
거라고요."

"아... 그렇겠네요."

"다치는 거 겁나죠?"

"네..."

겁내지 말아요. 겁내면 절대로 다신 못 타요. 다치면 어때요. 또 타면
되지. 무릎에 남아있는 보이는 흉터는 그때의 기억을 떠올리게 하지만
마음에 남는 흉터는 보이지 않잖아요. 굳이 들춰내지 않으면 돼요.

그리고 다치고 다치다 보면 언젠간 다친 마음을 안아줄 사람을 만나게
될 거예요.
겁내지 말아요. 그러면 돼요.

참는다

다이어트를 할 땐
배고픔을 참는다.

연애를 시작할 땐
보고 싶어도 참는다.

공부할 땐
졸려도 참는다.

일할 땐
더러워도 화가 나도 참는다.

헤어질 땐
눈물을 참는다.

오늘도
감정이 들킬까 봐
참으며 산다.

감정을 들키면
패자가 되는
이상한 나라에 살고 있어서.

UMAMI

어느 날
끓인 된장찌개에서
엄마의 맛이 났다.

-응?

특별한 재료도
별 기술도 쓰지 않았는데

맛있게 먹었다.
그리고,
그도 맛있게 먹었다.

-요리 잘하네

인생에 딱 한 번
제일 맛있게 만든 요리

인생에서 가장 맛있는
엄마의 된장찌개.

사랑하는 사람을 위해
만든 마음의 맛.

감정
다이어트

따뜻한 바람이 얼어있던 공기 안으로 스며들면 여자들은 전쟁에
돌입한다.
바로 살과의 전쟁.
다. 이. 어. 트.

예전엔 선택이었던 것이 요즘은 필수가 되어버렸다.
살아가기 위해 숨 쉬는 것처럼 다이어트를 한다.

물론 나도 마찬가지이다.
1년 365일이 다이어트다. 먹고 싶은 걸 참는다. 그리고 친구들과의
만남을 줄인다. 독하단 얘기도 듣는다. 조금 어지러운 것쯤은 참는다.
인고와 절제의 시간. 가끔은 도를 닦는 기분도 든다.

그런데 이렇게 참고 조절하다 보면 성과는 나쁘지 않다.
목표한 몸매와 체중에 드라마틱하게 성공하진 않지만 그래도 스스로
만족할 정도의 성과는 얻는다. 그래서 보이는 게 우선인 세상에 사는
사람으로서 다이어트를 게을리할 수가 없다.

그런데 살다 보면 이 정도로 독한 다이어트가 필요한 곳이 또 하나 있다.
바로 감정 다이어트.

감정이란 건 철저히 스스로가 느끼는 기분이다.
누군가가 그리고 무엇이 계기를 만들어 줄 뿐, 그 감정은 내 몫이다.
그래서 혼자의 생각에 빠져들면 그 생각을 먹고 감정은 계속 몸집이
늘어난다.
나만의 상상을 먹고 감정이 살이 찌는 것이다. 그렇게 살이 찐 감정은
행복감도 주지만 그 반대로 깊은 우울의 심연으로 안내하기도 한다.
마치 살이 포동포동하게 오른 옆구리 살과 배를 보고 있자면 자연스레
느껴지는 그런 비극적인 좌절의 맛과 같다.

뭔가 준비를 열심히 했는데 생각보다 성과가 좋지 않으면 바로 '난 왜 이럴까' 하는 좌절감에 빠져든다. 그런 데다 특히 가까운 누군가가 내가 못하고 있는 걸 해냈다거나 잘 됐다는 소식을 전해 듣기라도 하면 그 소식을 먹고 좌절감은 살을 찌우기 시작한다.
좌절감이 살을 찌우면 엄청난 무게 때문에 아무것도 하기 싫어진다. 그 무게에 짓눌러 희망이 비집고 들어올 틈도 없어진다.

사랑에서도 마찬가지다.

그 사람을 너무 좋아하면 그렇게 좋아하는 감정만 커지다 보면 실망을 하는 횟수도 많아지고 그 사람을 '이해'하고 '용서' 할 틈이 없어지게 된다.

그래서 감정 다이어트는 꼭 필요하다. 그렇게 내가 가벼워지면 내가 만나는 사람들과의 관계에서도 내가 해내는 모든 일들에서도 한결 가벼워지고 가뿐해진다.

몸이 가벼워지면 예쁜 옷을 입을 수 있어 기분이 좋아지듯이 마음이
가벼워지면 다른 마음을 키울 자리를 비워둘 수 있어 기분이
좋아진다.
감정 다이어트를 하고 나면 모든 일들을 사뿐사뿐한 기분으로 대할 수
있다. 너무 과하게 빠져든다 싶을 땐 감정 다이어트를 해보자.

감정 0.1그램만 빠져도
인생이 조금은 사뿐사뿐해질 수 있다.

건널목

하이힐을 벗어 두 손에 들고 달리고 싶은 충동을 참고 달렸다.
하이힐 코끝에 엄지발톱이 '탁탁' 하고 부딪혀 아팠다.
그래도 뛰었다.

그렇게 도착한 건널목 건너 버스 정류장.
그곳에선 막차가 막 떠나고 있었다.

두 다리에 힘이 '턱' 하고 풀렸다.
그대로 주저앉을까 했지만 힘껏 바닥을 밀어내 버렸다.

그 상태로 난 멍하니 서 있었다. 신호등 색깔은 빨간색에서 녹색으로
그리고 또 빨간색으로 몇 번이 바뀌었다.

왜 그랬는지 모르겠다.
건널목만 건너서 택시를 잡아타고 집에 빨리 들어가 쉴 수도 있었다.

그런데 그날따라 앞에 있던 건널목이 멀게만 느껴졌다.
내가 닿을 수 없는 거리인 마냥.

그렇게 멍하니 한참을 건너편을 쳐다봤다.
그러다 문득 이런 생각이 들었다.

'아... 저 건너편에서 누가 기다려주면 좋겠다.'

그리곤 피식하고 웃음이 났다. 나는 하이힐을 벗어 두 손에 들고
스타킹을 신은 채 녹색 신호를 기다렸다.
그리고 신호가 떨어지자 씩씩하게 건널목을 건넜다.
발바닥에 닿는 아스팔트의 느낌이 나쁘지 않았다.

괜히 하루의 피로가 풀리는 느낌도 들었다.

그래,

건널목을 건너는 건 어렵지 않다.
단지 저 너머에 누군가가 또 무언가가 기다리고 있는지가 중요할 뿐.
그리고 어떻게 건너느냐도 무척 중요하다는 것도

골라 먹어요 1

문득

문득 누군가 떠올라 목소리도 듣고 싶고 보고도 싶은데 그 사람은
이제 이 세상에 없단 건.....
내가 그만큼의 시간을 지나왔단 뜻이겠지? 그리운 사람들이 많아진단
건 내가 나이를 먹어간단 뜻이겠지...

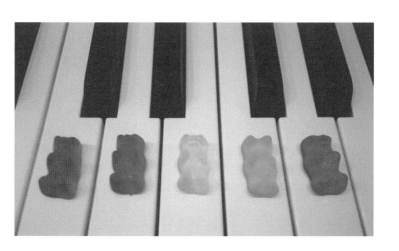

그런 이야기

예상치도 못한 이야기
그 이야기가 나를 멍한 상태로 만드는 이야기였을 때...
난 진공청소기로 뇌를 몽땅 빨아 먹힌 것처럼 해야 할 말이 단 일도
생각나지 않는다- 그런 이야기가 있다 살다 보니-

버티듯

버티듯 이란 단어가 삶에 스며드는 순간, 우울해진다- 즐겨야 하는데

돌부리

인생이라는 길 위에는 반전이라는 돌부리들이 예상치 못한 곳에
널려있다- 그래서 정신을 바짝 차리지 않으면 크게 다친다-

아파도 괜찮아

지난 2주 안 하던 운동을 열심히 했더니 결국 몸살- 이렇게 아프고
나면 괜찮아진다- 몸도 마음도 세상일도 마찬가지인 듯- 죽도록
열심히 해서 아픈건 아플만해서 아픈 거니까- 그리고 나면 항상
괜찮아질 힘도 생기니까-

반짝반짝

반짝반짝 빛나는 사람이 되고 싶다- 화려하게 빛나는 게 아니라
누군가에게 길잡이가 되거나 누군가에겐 순간의 힘이 되거나 작게
빛나더라도 그 빛을 잃지 않는 그런 반짝반짝

내 것

내 것이면 내게 오겠지 - 내 것이 아니면 지나갈테고... 수없이 오고 가는 것들이 모두 내 것은 아닐 테니까-

모르는 것

해도 해도 모르는 건- 진짜 모르는 거다- 바보가 아니라 정말 모르는거- 그땐 방법이 없다- 포기밖엔

믿음 반작용의 법칙

늘 믿기로 마음먹은 쪽이 다친다- 이건 <믿음 반작용의 법칙>이라고 해야 할까? 믿음이라는 걸 진짜 지켜주며 사는 사람들이 있을까? 생각 해보면 나조차도 내게 믿음을 가진 사람들의 그것을 지켜주지 못하며 살고 있는데... 의미 없다.

like a
시나몬

살다 보면 계획에도 없던 일들이 내 삶에 불쑥 끼어들 때가 있다.
예상조차 못 했던 일들이 말이다.

계획도 세울 수 없고 대비조차 할 수 없는 상태.
이럴 땐 모험을 할 수밖에 없다.
그리고 때론 그 모험은 살면서 '절대로'를 붙여놓고 삶의 경계선 안에
들여놓을 생각도 없던 것들을 완전 내 삶의 3위 안에 올려놓기도 한다.

내겐 혼자 지낸 지 18년 만에 함께 지내게 된 친구이자 동지를 만난
게 그랬다. 이 녀석을 만나게 된 건 정말 우연이었다. 친한 동생과
커피를 마시며 수다를 떨던 평소와 다를 것 없고 특별할 것 없던
그날. 동생에게 전화가 한 통 걸려왔다. 그리고 잠시 후 동생은 내게
물어봤다.

"언니 고양이 키울래?"

두발 이상 달린 건 별로 좋아하지 않았던 나였다. 그리고 반려동물을
가족 이상으로 생각하는 사람들과 나는 다른 세상에 사는 종족이라고
생각했다. 그냥 그들은 그들의 삶이 있는 거라고.

그런데 그 즈음 지루한 삶에 자극이 필요하긴 했었다. 그리고 뭐에
홀렸는지 바로 오케이를 했다.

모험의 여정은 흔히 이렇게 시작된다. 깊게 생각하지 않고 지르는 경우,
모험은 더 자극적이다.

허둥지둥 고양이 두 마리를 키우고 있는 후배에게 필요한 것들을
물어보고 인터넷을 뒤져서 각종 정보를 습득했다.
모험을 떠날 준비 거의 완료!

그런데 큰 장애물이 덜컥! 모험의 여정을 고민하게 만들었다.
- 고양이는 쉽게 친해질 수 없는 동물이다.

마음 한구석을 무겁게 만드는 특성이었다.
집에 있는 시간보다 밖에서 보내는 시간이 많은 직업인 내가 키우기엔
좋은 아이였지만 그래도 함께 동거를 하는 사이가 친해지지 않으면
어떻게 되는 걸까... 동물을 키워본 적도 없는 내가 심지어는 쉽게
친해질 수 없는 동물과 함께 살다니..

두려움이 앞섰다. 아무리 나의 손길이 필요한 동물이지만 나와 맞지

않는다면 그야말로 큰일이었기 때문이다.

고양이를 데리러 가던 날. 인천에 있는 동생 집으로 가는 내내
그냥 포기해버릴까.. 수백 번 더 넘게 생각했던 것 같다.

모험을 하기 전엔 그래도 포기할 수 있는 기회는 있다.

도저히 자신이 없다면 모험이 주는 경험은 고통이 될 테니.

그런데 그 고통이 달콤할 수 있지 않을까. 라는 생각이 들었다.
반려동물로 위로받는 사람들이 많고 그들로 인해 행복한 삶을 살고
있는 사람들이 나도 되어보고 싶었다.

그렇게 우리 '요미'를 만났다.
나를 동그란 눈으로 쳐다보는 이 녀석과 만나자마자 뭔가 '할 수
있겠다' 싶은 생각이 있었다. 시나몬 색의 털색깔을 가진 나의 반려묘
요미. 그리고 지금은 7개월째 함께 살고 있다.

새벽 6시만 되면 '냐옹~' 하는 소리로 나를 깨우고
내 손에 따뜻한 얼굴을 부벼대며 아침 인사를 한다.

퇴근할 때 열쇠 소리가 나면 문 앞에서 나를 기다리다
대문이 열리면 내 발밑으로 다가와 몸을 부딪치며 지나간다.
혼자 따뜻한 태양볕을 쐬며 자다가도 문득 동거인인 내가 생각나는지

내게로 와 무릎 위에 잠이 든다.

그리고 가장 날 감동시키는건 내가 기분이 우울하다 싶으면 눈을
똑바로 마주치고 무슨 할 말이라도 있는 것처럼 나를 빤히 쳐다본다.

시나몬을 싫어했었다.
자극적인 향과 맛이 도저히 나와 친해질 수 없는 맛이었다.

그런데 지금은 시나몬 색 털을 가진 우리 요미 때문에
시나몬을 좋아하게 됐다.
뭐 이렇게 맛있는 게 있을까 싶을 정도로.

계획에도 없던 일이 삶에 들어오면
두렵지만
결국엔 마음먹기에 따라 행복해질 수 있다.

국물자국

집에 와서 발견한 국물자국.

하루가 섬광처럼 지나가고 얼굴이 시뻘게진다. 이런 채로 돌아다녔던 사실이 미치게 부끄럽다. 만났던 사람들의 얼굴이 지나간다. 그 사람들의 시선이 이 자국에 꽂혀있었던 것만 같다. 지나쳤던 사람들이 괜히 수군대며 이 이야기를 하고 있었던 것 같다. 왜 바로 발견하지 못했을까 스스로를 자책한다. 바로 발견했으면 지울 수도 있었을 텐데 하면서 말이다. 달아오른 얼굴로 욕실로 간다. 그 부분에 비누칠을 하고 양손으로 비빈다.

얼룩은 없어지지 않고 희미하게 더 번져간다. 이게 뭔가 싶다. 짜증이 발끝부터 밀려온다. 타임머신이 있다면 국물이 튄 그 순간으로 돌아가고픈 심정이다. 억울해서인지 눈물이 난다. 작은 국물자국이 심장에 총알처럼 박혀버린 것 같다. 엉엉 울고 나니 기분이 상쾌해진다. 그리고 너덜너덜해진 티셔츠를 보니 웃음이 난다.

왜 그랬나 싶다.

고작 한 방울 튄 국물자국 때문에 인생 자체가 우울해지는 이상한 경험.
가끔은 별것 아닌 일들이 기분을 가둔다.

아직은 삶에 서툴러서 생기는 일이라고 생각한다. 셔츠를 들어
희미하게 남은 국물 자국을 가만히 본다. 다시 보니 하트 모양이다.
가슴팍에 연한 하트 프린트가 된 티셔츠가 생겼다.

오늘 새로운 티셔츠 하나가 생겼다.

어느 여행자의 일기

나의 여행의 시작은 새벽이슬을 맞으며 시작됐어.
그땐 저녁보단 밝고 아침보다는 어두웠던 것 같아.

어쨌든 내가 걸어가는 곳의 끝을 보니 하얀 점이 보이더라고.
그 하얀 점은 점점 환해지고 커지고 있었지.

그래서 결정했지.
내 여행의 목표는 저 '찬란히 빛나는 하얀 점'이라고
딱 보니까 금방 가겠더라고 그리고 거기에 도착하면
그 하얀 점을 가질 수도 있을 것 같았어.
이제 막 봉우리 진 꽃의 정원도 지나고 싱그러운 풀과 숲도 지났지.
물론 거기엔 이름 모를 곤충과 동물들도 있었어.

모두 처음 보는 것들이라 신기하기만 했어.

냄새도 맡고 하나하나 이름도 알아보고 그랬어야 했는데
나는 그냥 정신없이 길을 걷기만 한 것 같아. 왜냐하면 그 여행자는
그런 것들보다 저 멀리 보이는 하얀 점이 빨리 갖고 싶었거든

그땐 곤충들도 동물들도 먼저 내게 와서 말을 걸어 줬었는데
왜 그 이름들을 알 생각을 못 했을까?

그러다 보니 햇살 찬란한 시간을 맞았어.
너무 햇살이 뜨거울 때면 그늘에 앉아 쉬기도 하고 파란 하늘을 보며
한숨 자기도 했지.
햇살 찬란한 시간을 지나 예쁜 노을이 지는 하늘을 맞았지.

말이지.
나의 여행엔 이렇게 어여쁘고 예쁜 것들만 있었어.
처음엔 복이라고 생각했다가 시간이 지나니까 당연하다는 생각까지
들더라고.

그때까진 몰랐어.
그 끝없는 어여쁜 하늘 끝자락부터 검은색이 물들어가고 있음을.
나는 밝고 찬란하고 어여쁜 하늘만이 쭉 이어질 거라고 생각했지.
그렇게 밝은 빛이 자신이 가는 길을 밝혀줄 거라고.

그런데 검은 물감은 어느새 나의 하늘을 뒤덮었고 앞에 빛나던 흰
점을 서서히 빼앗아 가고 있었어.

처음부터 이 여행은 아름답고 예쁘기만 한 여행이 아니었던 거야.

그런데 있잖아.
빛나지 않아도 내가 찾고 있던 저 점은 그 자리에 있지 않을까?

햇살 찬란한 시간을 그만큼 즐겼으니 조금은 어둡고 습한 시간도
즐기면 되지 않을까?

내가 찾고 싶었던 건 빛나는 점이 아니라 저 끝에 있던 저 하나의 점이
아닐까 싶어. 이렇게 생각하니 어두운 곳을 지나는 이 순간도 괜찮은
거 같아.

지금은,
저녁보단 밝고 아침보단 어두워.
그래도 저녁만큼 어둡진 않으니 희망이 있는 거 아닐까?

고양이처럼

고양이 집사로 사는 자의 하루 첫 일과는 화장실을 깨끗이 치워주고
맛있는 영양 간식을 챙겨주는 것이다.

피곤한 몸을 침대에서 겨우 일으켜 '연어참치캔'을 간식 그릇에
부어놓으면 딸랑거리는 방울 소리를 내며 우리 요미가 온다.
그리고 '찹찹' 소리를 내며 먹는 우리 요미를 보고 있으면 그래도
피곤함보다는 평온함이 찾아온다. 그런데 그러다 문득 예전 누군가가
나에게 던진 충고가 떠올랐다.

"고양이처럼 굴어봐~"

여우처럼. 이란 말은 들어봤어도 고양이처럼이라…
이 말을 들었을 때 기분 나빠해야 하는건지 아닌지도 몰랐었다.
왜냐하면 고양이를 전혀 알 수 없었고 알고 싶지도 않았기 때문이다.

그냥 얼추 어떤 의미인지는 짐작할 수 있었지만 구체적으로 어떻게 하라는지는 몰랐었다.

그런데 우리 요미 고양이와 동거 7개월 차.
그리고 예전 충고가 떠오른 김에 고양이처럼 굴어보라는 말이 어떤 건지 알 수 있을 것 같아 노트북을 열었다. 혹시나 나처럼 고양이처럼 굴어보라는 충고 아닌 충고를 들어본 사람이 있을지도 모르니.

7개월 차 집사가 느낀 고양이처럼의 가장 첫 번째는 웬만해서는 자기 곁을 주지 않는 것이다. 이 부분에서 나는 이미 고양이처럼 되긴 글렀다 싶다.

좋아하는 사람에게 이렇게 곁을 주지 않고 싫은 척을 하기가 어디 쉬운가?

아무리 이름을 불러대도 시크한 척 모른 체하고 안으려고 다가가도 쉭! 하고 도망하고 뽀뽀 한 번 해보려고 얼굴을 들이밀면 젤리 같은 앞발로 밀리고.

이렇게 곁을 주지 않는 고양이에게

"어디 니가 날 그렇게 무시하니 그럼 나도 안 봐!"

이렇게 마음을 먹고도 결국 몇 분 지나지 않아 '요미야~~~' 하고 불러대고 있다. 부른다고 오면 고양이가 아니다.
결국은 "널 사랑하는 내 마음 좀 알아줘~~"하고 안달이 나게 된다.

안달 나게 하는 것이 포인트.

고양이처럼의 두 번째는 애교부릴 땐 올인 하는 것이다.

퇴근해서 집으로 들어오는 내 발밑에서 목 뒷덜미를 비벼대며 그르렁 거리고 코키스를 할 땐 저돌적으로 내게 다가오고 간식이 필요할 땐 강아지처럼 배를 까고 드러눕는다.
많은 사람들이 고양이는 애교가 없다고 생각하는데 그건 잘못된 생각이다. 고양이는 애교를 부릴 땐"내가 언제 널 모른 척했니?

난 이만큼 보다 더 널 사랑하고 좋아해"하고 온몸으로 보여준다.

이럴 때면 정말 미소가 저절로 나오고 마치 세상을 다 가진 것 같은 기분이 든다. 그리고 내가 기르는 게 고양이가 아니라 강아지가 아닌가 의심이 들 정도로 그렇게 최선을 다해 애교를 보여준다.

가끔 애교를 부릴 땐 올인 하는 것. 이것이 포인트가 아닌가 싶다.

고양이처럼의 마지막은
절대 길들여지지 않는 것이다.

간혹 훈련이 되는 고양이가 있기도 하다. 하지만 대부분의 고양이는 길들여지지 않는다. 그리고 확실히 제멋대로이고 시크한 고양이가 더 매력 있는 것도 사실이다.

길들이려고 노력하는 집사에겐 "한번 들어줄까?"하고 길들여 지는 척 하다가 결국은 제멋대로 하는 게 고양이이다. 그리고 고양이를 보고 있으면 저렇게 연애를 하면 진짜 잘 할 수 있겠다...라는 생각도 든다.

오늘 아침 누군가의 충고가 떠올라 고양이의 특성을 써보긴 했지만 내 생각은 절대 사람은 고양이처럼 굴 수는 없을 것 같다.

좋아하는 사람과 사람 사이에 '적당히'와 '모른척'이 통할 수는 없기 때문이다. 좋아하는 건 그냥 좋은 거고 좋은 만큼 표현하면서 사는 게 사람이니까.

끄적 끄적

\#1

이 구두를 신으면
좋은 데로 갈 수 있을 것 같아서
신고 나왔어.

근데
너에게로 가는 길 말곤
아는 길이 없는 난

이 구두를 신고도
좋은 곳이 어딘지
갈 수가 없네.

이제
난 어디로 가야 할지

모르겠어.

#2

바람이 불었다.
코끝이 시렸다.

바람이 불었다.
나뭇가지가 흔들렸고
나도 흔들렸다.

바람이 불었다.
내 마음이 흔들렸고
너를 보냈다.

바람이 불었다.
시린 코끝에
눈물이 맺힌다.

바람이 불었다.
내 마음에도
차디찬 바람이 불고 있다.

#3

세상에서
가장 간결하고 예쁜 말.
니가 좋아.

#4

뜨거운걸 먹을 땐
호호 불어서
적당히 식인 후에 먹어야
속이 데질 않아.

뜨거운 감정도
호호 불어서
적당히 식인 후에 당신에게 보여줄걸
그럼
이렇게 내 마음이 데지 않았을 텐데

#5

무서운 거
두려운 거
그게 뭔데?
먹는 건가?

#6

너에게서 나는 살 냄새
깨끗한 비누향.
문득 난
비누는 어떤 맛일까 궁금해졌어.
너같이 달콤하고 부드러운
생크림 맛... 일까?

#7

술 마시는 날이
술 취하는 날이
요즘처럼 기다려지는 날도 없었어.

일의 연장이라며
툴툴댔던
회식자리도 어찌나 이리 고마운지.

술 먹은 날엔
술 취한 척
네게 전화할 수 있으니.

#8

나와 함께
단 1센티라도 함께 걸어주는 친구 혹은 가족이 할 수 있는 일
나 혼자라는 생각이 들 때
아무 말 없이
내 팔을 자기 어깨에 걸어주는 사람
그 사람이 잠시 내게 내어주는

함께 걷는
비단길

위로, We 路

\#9

우리 모두는
이별 후에 더 아파한다.

그런데
그와 나의 시간은
이별 전까지일 뿐이다.

이별 후의 아픔은
결국 부질없다.

\#10

내가 맞다고 생각하는데
아니라고 얘기한 적
내가 아니라고 생각하는데
맞다고 얘기한 적

먹고 싶은 걸 못 먹어서
짜증날 정도로
짜증나.

2015번째 가을

누군가는 이유 없이 눈물이 나와 자꾸 고갤 들어
높은 하늘만 쳐다보고

누군가는 괜스레 쓸쓸해서
바빠서 잊고 지낸 옛 친구들의 전화번호를 뒤적이고

누군가는 사랑하는 사랑의 품으로
더 가까이 갈 수 있어 행복해하고

누군가는 다가오는 2016번째 봄 때문에
조급함에 시달리고

누군가는 2015번째 크리스마스에 대한 계획을
세우느라 벌써부터 흥분하고

누군가는 잠시 왔다 가는 것이 아쉬워
길가에 핀 국화를 몰래 한 송이 따 집안으로 가져간다.

그렇게 2015번째 가을이 지나가고 있다.

아는 소년

나에겐 '아는 소년'이 있다.

요즘 그 소년의 취미는 스마트폰 인터넷으로 검색한 노래를 들으며 따라 부르는 것이다. 검색창에 좋아하는 노래 제목을 찍고 블로그를 찾아 음악을 플레이한다.

그 소년은 꽤나 스마트하다. 하지만 노래 실력은 꽝.

음정도 이상하고 박자도 꼭 반 박자씩 늦게 들어가 가수와 도돌이표 돌림노래를 부르는 것 같다. 그런데 나는 그런 소년의 모습이 좋아서 쳐다본다. 그러면 그는 나에게 소년 같은 웃음을 지어 보인다.

원래 잘 웃지 않던 사람이었다.

늘 원칙과 규칙을 세워놓고 그걸 벗어나는 걸 좀처럼 허락지 않는 사람이었다. 자기가 온 길을 절대 돌아보는 일이 없었고 오직 앞만 보면서 쉬지 않고 달려온 사람이다. 자신이 무너지면 자신이 품고 있는 것들이 무너질까 봐 단 한 번도 약한 모습을 보여주지 않았던 사람이다.

이 '아는 소년'은 나와 30살 차이가 나는 '우리 아빠'다.

우리 아빠는 '고지식하고 재미없고 잘 웃지 않으며 언제나 늘 공부하는
사람'으로 정의된 딱딱한 인물이었다. 그리고 어느 가족에게나
그렇겠지만 아빠는 '집의 기둥이지만 늘 어려운 존재'였다. 그런데
요즘은 온 집안이 떠나가라 노래를 부르신다. 가끔 개그 프로그램에
나온 유행어도 따라 하신다.

시간은 '아는 소년'의 딱딱함을 말랑말랑하게 만들고 있었다.
그 소년의 노래를 듣고 있자니 내가 중학교 때 있었던 일이 생각났다.

내가 '뉴 키즈 온 더 블록'에 빠져 소녀 감성을 폭발시키던 그 시절.
공부는 안 하고 노래만 듣는다고 당. 연. 히 혼날까 봐.
학교에서 돌아오면 방문을 잠그고 안에 들어박혀 이어폰으로
오빠들의 노래만 주구장창 듣던 시절이었다. 그때 내 머릿속엔
'어떻게 하면 미국으로 가서 이 오빠들을 직접 볼 수 있을까..' 하는
생각뿐이었다.

저녁 7시 30분. 언젠가 아빠가 퇴근하는 시간.
그날도 온 가족이 모여 밥 먹는 시간에 아빠는 우리에게 뭔가를
얘기하셨지만 당시 내겐 모두 다 잔소리로 들렸고 오직 방에 들어가서
오빠들과 노래로 만나야겠단 생각밖엔 없었다. 사실 그땐 아빠가 하는
모든 말들은 온통 피곤한 얘기로 들렸었다.

그러던 어느 토요일 오후.
내 방으로 작은 은색 오디오 데크가 도착했다.
나도 너무 놀랐지만 엄마도 함께 놀랄 수밖에 없었다. 엄마도 모르게
엄하고 무뚝뚝하기만 했던 우리 아빠가 큰딸을 위해 준비한 깜짝
선물이었기 때문이다. 그리고 씨디 데크 안에 들어있던 '뉴 키즈 온
더 블록' 씨디 한 장. 딸의 학업 성적 이외엔 아무 관심도 없을 거라
생각했던 내 예상은 완전히 빗나갔다. 그동안 내가 알던 아빠의
모습과는 다른 사람을 만난 날이었다.

하지만 그 이후로도 아빠와 나의 거리는 좁혀지지 않았고 아빠는
여전히 고지식하셨으며 융통성의 바늘이 들어가지 않는 단단하고

딱딱한 사람이었다.

그렇게 시간은 흐르고 더 이상 중학생 소녀가 아닌 내가 아빠에게서
소년을 본 그날. 나도 다른 딸이 되어 보기로 했다.

"블로그로 검색한 노래라 자꾸 반주가 끊기네.. 이건 어떻게 해야 하는
거냐.."

나에게 어색하게 물어보는 아빠의 스마트폰 애창곡 MP3를
담아드리기로 했다.

"돈 드는 거면 필요 없다." 변하지 않는 퉁명스런 아빠의 한마디.
하지만 어조에 들어간 힘이 예전 같지 않음에 가슴이 먹먹해져 왔다.
아까 노래를 많이 부르셔서 그런 걸 거라고 스스로 위로했다.

"아빠 좋아하는 노래 목록 적어주세요."

약 30분 후.
A4용지 3장 넘게 빼곡히 적어주신 아빠의 애창곡.
그리고 눈물 나게 멋있는 아빠의 글씨.

나는 최대한 많은 곡들을 담아드렸다. 그리고 이어폰을 한쪽 귀에
꽂아드리고 화면에서 가사를 볼 수 있는 방법도 알려드렸다.

"세상 좋아졌구나...."

금세 적응하시곤 가사를 보며 노래를 흥얼거리며 온 집안을 다니신다.
흔들흔들. 몸으로 리듬까지 타신다. 잠시 사라졌던 30살 차이의 아는
소년이 나타났다.

어느새 얼굴 깊게 자리 잡은 세월의 흔적
여자인 나의 한 품에 안을 수 있을 만큼 좁아진 어깨, 돋보기를 끼고도 양
미간을 찌푸려야 하고 평소 내 목소리보다 조금 크게 말해야 들을 수 있는,
이젠 '할아버지'가 되어버린 아빠지만 노래를 따라 부르며 좋아하는
아빠의 모습에서 나와 30살 차이가 나는 아는 소년을 보았다.

내가 아빠가 선물해준 오디오데크로 오빠들의 음악을 들으며
좋아했던 소녀였듯.

벤자민 버튼의 시간처럼 아빠의 시간도 거꾸로 가는 게 틀림없다.
오늘 저녁에 30살 차이 소년과 전화 데이트를 해야겠다. 요즘 즐겨
부르는 노래는 뭔지도 물어봐야지.

그리고 나의 플레이 리스트 '아는 소년'에 그 노래를 추가해야지.

부담 없는 사이,
아이스 아메리카노

"무슨 커피 마실래?"

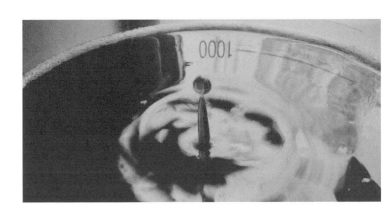

일을 하다 보면 하루에 세 번 이상 꼭 받는 질문.
그럼 어김없이 대부분의 사람들이 주문하는 메뉴는 바로
'아이스 아메리카노'

커피를 사주는 사람에게 가장 부담 없는 가격대의 기본 메뉴.
아침의 노곤한 정신을 깨우거나 부담스러운 점심을 먹고 난 후 그리고
술자리로 알딸딸해진 정신을 바로잡는데도 이만한 게 없다.

만만하지만 꽤 세련된 이름의 커피.
시작의 첫 입과 끝 한입까지 부담 없고 깔끔한 한 잔.

그런데 가끔 아이스 아메리카노는 이렇게 쓰이기도 한다. 관심 있는
사람에게 사달라고 하기에 가장 편안한 메뉴.
좋아하는 마음이 들키지도 않으며 사주는 사람도 마음의 부담을 느낄 새
없는 세상에서 가장 간단한 고백 메뉴.

오늘도 그 사람에게 아무렇지 않은 듯 문자를 보낸다.
"커피 한잔 사줄래요?"

그럼 어김없이 그 사람에게선 이런 문자가 온다.
"무슨 커피 먹고 싶은데요?"

주저 없이 이야기한다.
"아이스 아메리카노."

그 사람이 내 마음을 알까? 몰라도 상관없다. 어차피 사랑은 커피처럼
달콤하면서도 쓸쓸한 맛이 있는 게 매력이니까.

골라먹어요 2

프리하게

'프리하게'라는 말은 쓸데와 쓰지 말아야 할 데가 분명히 구분되어
있다- 직장에서도 안 되고 명절에 시댁에 간 며느리도 안 되고 그리고
연인사이도 이 말을 쓰면 안 된다- 자유는 어떤 구속도 없는 혼자 일
때 성립되니까- 아름다운 구속을 거부한단 뜻이니까

나답게

그 사람을 나처럼 바꾸고 싶어서 욕심냈던 적도 있었고 나를 그
사람에게 맞추려고 하루 24시간을 안절부절 했던 적도 있었어-
근데 알고 보니 나를 가장 나답게 해주는 그런 사람이 정답이더라-
뒤늦게라도 안게 다행이겠지?

마음근육

마음근육 키우는 연습 중입니다- 긍정이 마음근육 키우는덴 가장
좋은 트레이닝이네요- 좋은 생각엔 좋은 일들이 따라온다죠? 모두들
heartmuscle 강하게 연마합시다 아자-!!!

잘하고 싶어

잘하고 싶단 생각은 누구나 한다 하지만 생각만으론 뭐든 할 수
없다는 것도 안다- 진짜 잘하려면 열심히 노력하면 결국 잘하게 되는
것도 안다- 다 알면서도 잘 못하는게 우리라는 것도 안다- 이렇게 잘
아니까 일단 닥치고 열심히 노력하자-!!

멍~

비어버린 마음에 쓸데없는 생각이 들어앉아 버렸다 이걸 어떻게
내쫓아야 되나.... 그 생각으로 하루 종일 멍하다.

순수한 사랑

순수한 사랑이 과연 존재할까에 대한 논쟁- 이것에 여자는 순수한
사랑은 시간에 따라 변할 뿐 영원한 것이라 했고 남자는 순간의

사랑이 순수한 사랑이며 그 타이밍에만 존재하는 것이라 했다. 결국 둘 다 순수한 사랑은 있단 얘긴데 왜 다른 얘기를 하는 것 같지?

촌스럽게

다가오지 않으면 잘 모른다- 서성거리기만 하다 돌아가는 그런 사람은 이젠 싫다- 그냥 내 앞에 떡 하니 서서 내 눈을 보며 '같이 있자'라고 하는 조금은 촌스런 그런 사람이 좋은 거다 난-

퐈이야

불을 한번 지피기에도 힘이 들지만 한번 붙은 불씨를 스스로 꺼트리는 것만큼 힘든 건 없다

밀어내기

밀어내는데 자꾸 치고 들어온다. 거의 문밖으로 내쫓았다 싶으면 떡하니 방안에 들어앉아있다 이성은 아니라는데 마음이 그러지 못해서 마음엔 담아두고서 자꾸 머리로 밀어내기-

오락가락

오늘은 하루 종일 '해 반짝' 했다가 '비 왕창' 했다가 오락가락.
한결같길 바라는 건 날씨한테도 사람한테도 과한 소망이겠지?

습자지

습자지처럼 얇은 관계. 또 몇 장 찢어내야 할 타임.
난 다이아몬드보다 단단한 줄 착각하고 있었나 봐. 시간이 지나고
보니 습자지. 속이 훤히 들여다보이는 습자지인걸 확인했으니 내
손으로 찢어야지. 난 팔랑팔랑 얇은 건 싫으니까.

질투

질투는 어리석은 자만이다. 내 것이 아닌데 마치 제 것을 뺏긴 냥
억울해지는 어리석음. 질투는 약보단 독이 더 많다. 내 안에 나를
가두는 독-

마음장난

사람 마음을 가지고 장난치는 건 분명 나쁜 일. 하지만 그만큼 스릴 넘치고 잼나는 일도 없는 듯. 온통 이 세상은 아이러니 투성이

친구

얼마 전 라디오에서 들은 한마디 '당신은 진정 당신과 친구를 할 수 있습니까?' 이 질문에 대한 나의 대답은 '친구들아 고마워-'

이상형

휘핑크림보다 부드럽고 캐러멜보다 달콤하며 목화솜보다 따뜻하길-
바다보다 넓고 하늘보다 푸르며 꽃보다 향기롭길-
무엇보다 생각과 마음의 장애가 없는 사람이길-

SALTINESS

어딘가로부터
도망치는 건
비겁한 사람의
선택이라고들 해.

근데 그거 알아?

오히려
멀리멀리
도망치는 게 답일 때가 있다.

도망가지 않으면
언젠가 내가 크게 다치게
될 것 같으면

지금,
도망쳐도 돼.

도망은
비겁한 선택이라며
꾹 참고 버티는
미련한 짓 하지 마.

때론
도망자가 되는 것도
현명한 선택일 수 있어.

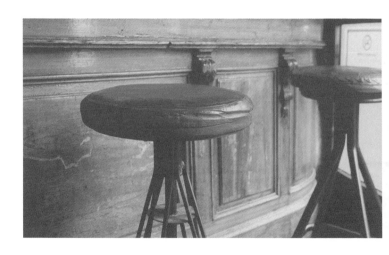

옆과 앞

"이리 와." 그는 그녀를 자신의 옆자리로 부른다.

"싫어 난 여기 있을래." 그녀는 그를 마주 보는 게 좋다.

나란히 앉기와 마주보며 앉기. 옆자리와 앞자리.
두 명이서 어딘가를 가면 고민하게 되는 자리.

나란히 앉으면 심장 소리를 가까이 들을 수 있으니 좋고 마주 앉으면 눈빛과
표정을 읽을 수 있으니 좋다. 나란히 앉으면 표정과 눈빛을 숨길 수 있고 마주
앉으면 탁자만큼의 일정한 거리를 유지할 수 있다.

"이리 와." 그는 지금 자기의 표정과 눈빛을 숨기고 싶다.

"싫어 난 여기 있을래." 그녀는 지금 그와 탁자만큼의 거리를 두고 싶다.

옆자리 앞자리.
어느 자리건 그 자리에 앉는 건 나와 그 사람의
딱 그만큼의 마음의 거리이다.

쉼,
얼음

우리는 인생이라는 길 위에 놓인다.

거부할 수 없는 레이스.

가다 보면 선택의 두 갈래 길도 돌아가야 하는 로터리도 발이 푹푹

빠지는 진흙탕도 만나며 야수와 여우 그리고 사냥꾼이 판을 치는

정글을 만나기도 한다. 이 길은 올레길처럼 경치를 즐기며 쉬엄쉬엄

갈 수 있는 길이 아니다.

누군가 잡으러 오는 것처럼 정신없이 달릴 수밖에 없는 길이다.

술래잡기를 하는 것도 아닌데 말이다.

잡으러 오는 게 누군지는 모른다.
단지 잡히면 거기에서 모든 걸 멈추게 될까 봐 내가 할 수 있는 만큼
내가 원하는 목표에 가까이 가기 위해 그렇게 전속력을 다해 달린다.

살을 빼기 위해서 러닝머신 위를 달리고 회의시간에 늦을까 봐 달리고
밤새 술을 달리고 달리고 달리고 또 달린다.

가끔 걷고 싶어서 걷는데 옆으로 누군가 쌩하고 앞질러 가면 나도
모르게 뛰게 된다. 그러면 내가 그 사람을 잡는 술래가 된다.
이 길에선 잡히는 쪽이 마음 편하다. 앞서 간단 얘기니까

누군가에게 잡히지 않으려고 애쓴다. 동료나 후배 아니면
라이벌에게. 그리고 전혀 예상 못 한 새로운 레이서가 등장해
위협하기도 한다.

이렇게 열심히 달리지만 누군가에게 잡힐 것 같은 순간이 있다.
그때 외치고 싶다.

'얼음!!!!'

술래가 나를 잡기 직전 '얼음' 하고 외치면 잠깐의 휴식이 주어지는 그
놀이처럼.

그런데 이 놀이엔 함정이 하나 있다.
바로 '얼음'을 풀어주는 내 편이 있어야 살 수 있다는 점.

이 길 위에 나의 '얼음'을 풀어줄 사람은 어디 있나 찾아본다.
시원한 얼음물 한잔 마음 편하게 나눠 마실 수 있는 내 편이 과연
누굴까?

나의 쉼, '얼음'을 지켜보다 '땡' 하고 풀어줄 수 있는 그런 사람. 그런
사람을 찾아 시원한 물 한잔하자고 청해봐야겠다.

아무거나

"뭐 먹을까?"

"아무거나…"

쉽게 던지는 이 말을 들었을 때 우린 오히려 수만 가지 숙제를 안은 기분이 든다.

진짜 아무거나가 좋을 수도 있지만 진짜 아무거나가 좋은 게 아닐 수도 있으니까.
그 사람의 눈치를 보게 되고 그 사람의 평소 취향을 분석하게 되고 바로 전 그 사람이 우연히 한 말들을 떠올려본다.

어제의 아무거나와 오늘의 아무거나는 분명히 다르다.
근데 다 아무거나란다. 그 말이 상대방을 얼마나 진땀 나게 만드는 말인지도 모르고 말이다.

산다는 건 픽션
(부제: 내꺼 인 듯 내꺼 아닌 이야기)

새해가 되자마자 결심이라도 한 듯 핸드폰이 사망했다.
'1년 전 백업 데이터엔 어디까지 저장되어 있을까... 그리고 잃어버린
1년은 어떻게 복구할까..'를 생각하며 영혼 없이 핸드폰 가입동의서를
작성하고 있는데 나도 모르게 멈칫했다. 나이를 쓰는 괄호 앞에서

'만으로 써야 할까 아니면 물리적 시간으로 계산된 나이를 써야
할까...'

이젠 사소한 이런 순간에도 고민하는 나이가 되어버렸다.
망설이다 보란 듯 큼지막하게 40이라는 숫자를 적어 넣는다.

"진짜??!!!" 이렇게 안 보이는데.. 진짜 맞아요? 나보다 몇 살 누난 줄
알았는데??"

새파랗게 젊은 남자 직원이 괜히 입바른 소리를 해댄다.

'아가야.. 안 그래도 핸드폰은 바꿔야 한단다...'

어느새 이런 접대 멘트를 들어야 하는 나이가 되었다.
게다가 이런 말에 자동으로 올라가는 나의 입꼬리가 원망스럽다.

집으로 돌아와 와인 한 잔을 홀짝거리며 생각해본다.
'인생에도 백업 데이터가 있어서 돌아가고 싶을 때 백업했던 그때로 뿅
하고 돌아갈 수 있다면 얼마나 좋을까..'

나는 인생의 절반을 산 나이 40세이다. 예전엔 40이란 숫자는 뽀글
파마에 푹 퍼진 아줌마이거나 곧 꼬부랑 할머니가 될 것 같은 그런
나이였다면 요즘엔 딱 인생의 절반, 이제 남은 절반을 어떻게 살지
고민하는 신생아가 된 느낌이다.

그런데 사람들은 마흔 살이라고 하면 '어른'이라고 한다. 몸에 맞지
않는 옷을 입은 느낌. 내겐 뭔가 어색해 죽겠는 나이다. 앞만 보고
달려왔다. 남자도 여자도 이쯤 되면 슬슬 주위를 볼 여유가 생긴다.
근데 잠시 멈춘 내 주위는 몇 년 전부터 분위기가 바뀌고 있었다.

후배들은 뭐라고 한마디 하면 완전히 쫄거나 꼰대 잔소리 취급을 하고
몇 년 전만 해도 '쇼핑메이트', '맛집투어 메이트'로 나서던 후배들이
이젠 퇴근하면서 나와 커피 한 잔 하길 꺼려한다. 나와 업무 외 시간을
보내는 걸 대놓고 불편해하는 게 느껴진다. 이런 상황들은 이 정도
위치에 올라가면 당연한 거라고 어른스럽게 넘겨본다.

물론 아직 결혼은 하지 않았다. 그리고 앞으로도 크게 결혼이란 걸 할

생각이 없다. 주위에선 눈이 높아서 그런거라고 하지만 뒤에서는 무슨 문제가 있는 거 아니냐며 수군대는 것도 안다.

다행히 난 아무런 문제도 없고 눈도 전혀 높지 않다. 그냥 나와 필이 통하는, 영혼의 교감을 주는 사람을 못 만나서다. 이런 말을 하면 그게 눈이 높은 거란다. 동의할 순 없지만. 어쨌든 40이라는 나이를 이렇게 저렇게 느끼는 중이다.

이 와인 맛이 점점 더 달게 느껴지는 것도 나이 탓일라나..

다음날 비슷한 처지의 친구들과 카페에서 모였다.
카페 안은 쌍쌍의 젊은 커플들이 서로를 빨아먹지 못해 안달이다. 그들을 볼 때면 부럽다기보단 '그래 저 때가 좋을 때지..' 하고 예전 할머니 할아버지 멘트를 나도 모르게 읊조리고는 스스로 놀란다.

최근에 싱글로 돌아온 친구는 한술 더 뜬다. "저 순간은 영원할 거라고 생각하겠지? 바보 같은 것들" 친구의 너무나도 현실적인 이야기를 들으며 생각한다.

너무 많이 알아도 할 수 없는 게 있다더니 결혼이 딱 그렇다.
어쩌면 이 나이는 모든 걸 다 안다고 큰소리를 칠 정도는 아니어도 아는척 할 수 있는 수준은 된다. 세상살이도 어느 정도 알 것 같고. 10대의 철없음을 이해하는 법과 함께 60대의 엄마아빠를 이해하는 법도 알았다. 남자도 어느 정도 알 것 같다. 그런데 도무지 통 알 수 없는게 '사랑'이라 이름 붙여진 그 무언가다.

20대에는 사랑 이란 걸 알려고 울며 매달려도 봤고 30대엔 도도하게
이 남자 저 남자를 울려도 봤지만 40이라는 이 시점에 '사랑 그놈'은
여전히 미스터리 해서 그냥 알고 싶은걸 포기했다고나…

"사랑… 그런 게 있냐."
"맞아 그냥 사람 사는 거지."
"너처럼 혼자 하는게 세상 속 편해"
"친구야 넌 한번 갔다 왔으니까 편하게 얘기하지…"
"억울하면 너도 갔다 오든가…"

사실 여기까지 나는 '어른' 코스프레를 한거다. 난 내가 40인지도 잘
모르겠다. 난 여전히 25살에 머물러 있는 것 같다. 하지만 40으로
들어선 새해부터 주름 하나 더 늘어날까 전전긍긍하고 있다.

아침마다 욕실 거울 앞에서 족집게로 튀어나온 흰머리를 뽑으며 한
살이라도 어려 보이려 애쓴다. 그리고 친구지만 하지 못하는 얘기,
난 아직도 진실한 사랑을 꿈꾼다. 동화책에 나오는 왕자님까진
아니더라도 영원히 나만 사랑해줄 그런 진정한 사랑.

그 사랑이 찾아왔을 때 늙어버린 내 모습에 놀라 도망갈까 봐 죽도록
관리 중이다. 적어도 일주일에 세 번은 트레이너를 만나 혹독하게
운동을 하고 일주일에 한 번은 피부관리실에 가서 피부관리를 받으며

정기적으로 병원을 찾아 주사도 맞는다. 건강에 좋다는 주스를 매일 배달시켜 마시고 있으며 종합비타민 루테인 오메가3 유산균 등등 건강 보조제를 꼬박꼬박 챙겨 먹는다.

이렇게 노력하고 있는데 나의 짝이 될 그 녀석은 어디서 길을 잃었는지 아니면 이 나라에 없는건지 올 생각을 안 한다. 목이 타서 아이스 아메리카노를 벌컥벌컥 원샷을 해버렸다.
사람들은 찾아다녀야 찾을 수 있다는데 그것도 젊고 생기 있을 때 이야기지 이젠 좀 귀찮다. 주위를 둘러봐도 마음에 드는 사람 하나 없다.

'이젠... 좀 찾아올 때도 되지 않았나?'
친구들이랑 카페 수다로 시작했지만 결국 수제 맥주로 끝났다.

'아니... 도대체 어디있는거야...'

술기운에 비틀거리며 집으로 돌아가는 길 뒤를 돌아 본다.
아무도 없고 주인 잃은 길냥이만 날 째려본다.

'사는 게 뭐 이러냐...'

some, 안개

양평에서 집으로 돌아가는 길
물안개가 땅바닥으로 가라앉아 마치 차가 구름 위를 달리고 있는 것
같았다.
저 멀리서 깜빡이는 앞차의 방향 지시등만이 지금 길 위를 달리고
있다는걸 실감 나게 해주었다.
앞차를 놓치면 한 발자국 앞도 보이지 않는 이 길 위에서 혼자만
달려야 하기에 엑셀을 밟은 오른쪽 발에 힘을 조금 더 실었다.

하지만 잠시 후 그 불빛은 사라졌다.

그 빛이 사라지는 것과 동시에 차를 멈춰 세웠다.

갑자기 앞이 보이지 않게 된 사람처럼 움직일 수 없었다.

차를 갓길에 세우고 그에게 문자를 보냈다.

이런 무서운 순간에 늘 생각나는 한 사람이 있었다.

그동안 사소하지만 서운한 일이 생기면 늘 떠올리는 한 사람이
있었다.

소위 썸.

그가 나를 좋아하는지. 그냥 이러다 말 사이일 것만 같은.

지금 그녀의 주위를 감싼 안개 같은 썸.

사실 몇 번 용기 내서 그녀가 고백 아닌 고백도 해보았다.

그런데 아무 반응이 없었다.

조금 전 가까이에서 앞서 달리던 차처럼 처음엔 내 앞에서 밝은 빛을
내며 달리다가 내가 엑셀을 밟아서 가까이 다가가면 어느새 그 불빛은
앞으로 도망가 저 멀리 작은 점이 되고 순간 사라져버린 앞차처럼
그가 내게 밝혀주던 불빛을 꺼버린 것 같았다.

시간이 지나도 안개는 사라질 기미가 보이지 않았다. 그녀가 본
스릴러 영화와 드라마 속 장면들이 엉뚱한 상상을 만들어 무서워졌다.

이런 순간. 야속하게도 그가 생각났다.

참을까…
먼저 연락했다가 또 도망가면 어쩌지.

"안개 때문에 가지도 못하고 서 있어요. 혹시 내 앞으로 와 줄래요?"

문자를 써놓고도 보내지 못하는 그와 나의 썸은 앞이 보이지 않는 안개 같다.

떫은 용기

"그냥 포기하는 게 맞겠어."

혼잣말처럼 그는 친구 녀석에게 얘기했다.

"그래. 길게 끌어봤자 너만 손해야. 에이~ 말도 안 돼. 그만해~!
하지마!! 하면 니가 미친놈이야."

친구의 말에 그는 어금니를 꽉 깨물고 손바닥에 손톱자국이 날 정도로
주먹을 꽉 쥐었다. 그리고 왠지 모르게 서운했다. 이런 대답을 원한게
아니다. 하지만 친구의 입에서 이런 대답이 나오니 안심이 되는 이
상황의 아이러니가 그의 기분을 개운 찜찜하게 만들었다.

집으로 돌아가는 길.
잘 들어갔냐고 묻는 그녀의 문자를 외면하고 주머니 깊숙이 휴대폰을
찔러 넣었다. 다시는 꺼내지 않을 사람처럼.

용기를 낼 수 없는 상황. 주위의 여러 가지 요인들.
비겁하다는 얘기를 들을 게 뻔했다. 그가 그 사람을 좋아하지 않는
것도 아니다. 그 사람이 좋다고 티도 냈다. 그런데 한 걸음 나갈
용기가 순간 없어졌다.
떫은 감을 씹어먹고 입술을 옴짝달싹할 수 없었던 그 순간처럼 그녀와 그
정도의 거리에서 더 이상 조금도 나아갈 수 없었다.

그는 결과가 정해진 답지를 가지고 있었다.
그걸 누군가에게 확인하고 싶어서 친구 녀석을 불러냈을 뿐이다.

자신이 나쁜 사람이 되기보다 친구에게 나쁜 친구의 역할을 줬을
뿐이다. 그리고 자신이 용기가 없음을 들킬까 봐 숨기고 싶었을
뿐이다. 혼자 들어간 포장마차에서 쓴 소주잔을 들이켜 본다. 순간
소주잔에 비친 자신의 얼굴이 보기 싫어 눈을 감았다. 그리고 입으로
술잔을 털어 넣는다.

비겁한 한 잔이 그의 속에 남아있던 용기 찌꺼기 하나를 꺼내 놓았다.
"미안해."

그 찌꺼기가 탁자에 내려놓은 술잔에 묻어 있었다. 휴대전화를 꺼내
그녀에게 문자를 보냈다.
떫은 용기. 결국 돌아온 건 한마디.

"비겁한 새끼."

라면 끓이는
천생 여자

"요리 잘하세요?"

그가 물었다. 그녀는 자신 있게 대답했다.

"네! 라면 잘 끓여요"

그리고 그의 표정을 보았다.
황. 당. 한. 표정

그러면 여자는 멋쩍게 웃을 수밖에 없다.
진짜 라면을 잘 끓여서 한 말인데도 말이다.

궁금하다.
여자라면 무조건 요리를 잘해야 하는 건가? 아니면 여자라서 무조건
요리 정도는 기본 소양으로 갖춰야 하는 걸까?

이런 이상한 기준에 나는 늘 열외다.
요리에 관심이 없어서도 아니고 또 맛있는 걸 먹는 걸 좋아하지
않아서도 아니다. 기회가 없었고 아직 요리를 해야 할 이유를 못
찾아서 안 했을 뿐이다.
그런데 사람들은 여자인 내가 요리를 어느 정도 하는지 궁금해한다.
특히 나이가 이 정도 되면 한정식 정도는 거뜬히 한 상 차려낼 수
있을 거라 생각한다. 여기엔 분명히 개인차가 있고 관심의 차도 있을
뿐더러 재능의 차도 존재한다.

'여자는 = 요리'라는 공식은 좀 예스러운 생각 중 하나라고 생각한다.

라면은 잘 끓이니까 잘 끓인다고 당당히 얘기한 건데 어이없어하거나
황당해하는 사람들이 있는데 왜 그러는지 아직도 잘 모르겠다. 신선한
유기농 재료를 사 와서 다듬고 직접 갈아 만든 조미료로 맛을 내는

과정을 거쳐야만 요리라는 타이틀을 붙일 수 있는 걸까?

요즘 티브이를 켜면 요리 잘하는 스타 셰프들이 엄청난 요리들을 선보이고 있다. 그것도 전부 남자들이!!!
그래서 더더욱 나 같이 요리를 못 하는 여자들이 더 이상한 인종(?) 취급을 받는지도 모르겠다. 하지만 엄연히 봉지를 뜯고 물을 끓이고 수프를 넣고 거기에 추가로 파나 떡 아니면 계란 등을 넣어서 하는 라면도 요리다. 왜냐하면 거기엔 정성이 들어가니까.

나를 위한 한 끼이기 때문에 라면도 그냥 끓이지 않는다.
소울 없이 과정만 화려한 어떤 음식보다 제대로 나를 위해서 3분 이상 정성을 쏟는 라면도 충분히 요리라고 생각한다.

그러니까 어떤 사람이 라면을 잘 끓인다고 하면 정색하는 표정 말고 이렇게 물어봐 주면 좋겠다.

"어떤 라면을 잘 끓이는데요?"

딸기

– 남자 이야기

남자는 만난 지 두 달쯤 된 여자의 마음을 얻고 싶었다.

웃는 모습이 봄 햇살을 닮았고
자신의 일을 사랑하는 모습이 멋졌고
자신을 지나는 모든 것에 호기심 많은 그리고 어떤 일에든 긍정적인
그녀를 처음 만난 그날부터 남자는 사랑에 빠졌다.

그런데 얼마 전부터 그녀의 안 좋은 버릇을 하나 발견해 버렸다.
딸기를 안 먹는 그녀의 습관.

남자는 딸기를 안 먹는 그녀의 습관을 바꿔주고 싶었다.
싱그러운 딸기의 맛을 모른다는 건 왠지 그녀와는 어울리지 않는다고
생각했기 때문이다.

사랑이란 건 그 사람의 있는 그대로를 사랑해 주는거 라는거...
책에서 배워서 그 남자도 잘 알고 있었다. 그런데 그냥 왠지 딸기는 꼭
먹게 해주고 싶었다. 어쩌면 딸기를 한입 베어 물었을 때 지을 그녀의
찡긋하는 표정을 보고 싶었는지도 모르겠다. 그 사랑스러운 그 표정을
보고 싶어서

케이크 전문점의 생크림 딸기 케이크
커피 전문점의 딸기 무스
딸기 파르페
딸기 빙수
딸기 주스
연유 얹은 생딸기까지.

그녀는 결국 그 남자의 도전 아닌 도전에 질려서 그 남자를 떠났다.
왜 싫어하는 걸 자꾸 먹이려고 하느냐고. 딸기를 꼭 먹어야 자신을
사랑할 수 있는 거냐고. 싫어하는 걸 굳이 꼭 좋아하게 만들어야만
나를 사랑할 수 있는 거냐고. 그렇게 그 남자는 싱그러운 맛을
그녀에게 알려주고 싶은 그 마음 하나 때문에 그 사랑을 잃었다.

그는 딸기를 못 먹는 그녀에게 딸기의 맛을 알게 해 주는 게 사랑이라고
생각했다.

― 여자 이야기

2년 만인가...
소개팅을 했다.

약속 장소인 카페로 가는 동안에도 일이 생겼다고 거짓말을 하고 가지
말까... 수십 번 고민했다. 그렇게 어렵게 문을 연 카페에서 그녀는
창가 쪽에 앉은 남자를 보고 저 남자였으면 좋겠단 생각을 했다.

선한 눈매. 선한 웃음.
오랜만에 마음을 열고 싶은 사람을 그렇게 만났다.

그런데 그녀는 걱정이 됐다.
딸기...

요즘 왠지 그렇게 딸기가 들어간 음식들이 많은지...
딸기를 피할 수 있는 계절에 만나지 못한 게 불안했다.

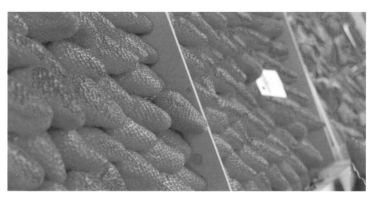

늘 이렇게 끝이 난다.

결국 그 사람도 내가 딸기를 먹는 걸 보고 싶었나 보다.

난 딸기를 먹을 수 없다.

이건 나의 식성이고 버릇이며 절대 고쳐지지 않은 습관이다.

부모님도 고치지 못했고 노력해도 안 되는 거였다.

도대체 딸기의 맛이 어떤 맛 이길래.

먹을 수 없는 나에게 자꾸 그 맛을 보라고 하는건지.

그냥 있는 그대로를 인정해줄 수 없는 걸까?

자기와 똑같은 걸 상대방이 느껴야만 사랑한다고 생각하는 걸까?

똑같은 걸 할 수 있어야 사랑인가?

왜 같아야만

사랑할 수 있다고 생각하는 걸까...

넘치지 않는 냄비

어느 날부터 기대하는 법을 잊어버린 거 같아.
잘 될 거라는 기대를 적당히만 하는 버릇이 생긴 거지.

매사에 기대가 부풀어 오르려 하면 부글부글 끓어 넘치려는 냄비에
찬물을 확 끼얹거나 거품을 걷어내 넘치지 않게 하는 거지.

이랬더니 어떻게 된 줄 알아?
상처는 덜 받아. 근데 재미가 없어.

끓어 넘쳐서 불길에 타고 냄비에 그을음을 좀 남기기도 하고
가스레인지에 자국도 남기고 해야 하는데 말이야.

예전엔 분명히 안 이랬거든?
매사에 한껏 부풀어 올랐던 나는 도대체 어디로 갔을까?

세상에서 가장 쉽게 변하는 게 사람 마음이라던데
그래서 나도 변한 걸까? 그럼 지금의 나는 행복한걸까?

설마.
행복하길 기대하는 법조차 잊은 건... 아니겠지?

뜨거웠으면
좋겠어

먼저 보고 싶다 얘기 하는 쪽도 먼저 문자를 보내는 쪽도
먼저 미소를 짓는 쪽도 뭐든 먼저 하는 쪽이 이미 뜨거워진 상태.

혼자 펄펄 나는 열을 식히느라 아닌 척해도 빨갛게 달아오른 상황은
숨길 수 없다. 달아오른 이 열기를 나누고 싶은데 그럴 수 없어
속상하다.

달아오름을 애써 식히려 하면 오히려 속에서 더 뜨거운 게 올라온다.
차라리 이럴 땐 드러내놓고 '난 지금 달아올랐어' 하는 편이 마음이
편하다. 이때, '용암처럼 뜨거운 내 옆에 있는데 왜 아직도 미지근한
거야?' 하고 의심을 품으면 안 된다.

뜨거운 음식 옆에 있는 차가운 음식은 서서히 데워지지 빨리 뜨거워지지
않는다. 온기와 냉기를 서로 주고받으며 서서히 둘의 온도가 같아지는
시간을 견뎌야 한다.

이 시간을 견디지 못해서 뜨거운 기운을 품고 있으면 오히려 속이
까맣게 타고 만다.
들키기 싫어서 숨기다가 결국 재가 되어 없어진 마음은 다시 찾을 수
없다. 그냥 이렇게 얘기하면 편하다.

난 달아올랐어
너도
.
.
.
뜨거웠으면 좋겠어.

아마 함께 뜨거워질 준비가 됐다면
당신의 뜨거운 불속으로 뛰어들 테니.

이상한
메뉴판

"여기 메뉴판 있습니다. 무엇을 주문하시겠습니까?"

식당 종업원이 갖다 주기도 하고 식당 벽에 걸려있기도 한
그 식당에서 손님으로 선택할 수 있는 것들의 가짓수가 적힌 판.

"그런데 난 참... 이상한 메뉴판이 있어."
"이상한 메뉴판?"
"응! 너도 가지고 있는 거."
"아..."
"바로 우리가 태어나면서 주머니에 넣어 가지고 나온 메뉴판 말이야."
"그러게.. 참 이상하지.."
"어릴 땐 분명히 이 메뉴판에 빼곡히 내가 선택할 수 있는 메뉴들이
잔뜩 적혀 있었는데 한 살 한 살 먹을수록 메뉴판에서 메뉴가 하나씩
사라지더라."
"분명히 빈틈없이 꽉 차 있어서 어떤 걸 고를까 고민도 하고 가끔은
귀찮아서 이 중 아무거나 하나만 골라도 되겠지 하고 자신에 넘쳤던
시절이 있었는데 요즘엔 고르고 싶어도 고를 게 없을 정도로
휑해졌어."
"나이가 드니... 선택의 폭도 그만큼 좁아져 버렸네..."

"1인 1메뉴를 스스로 정해놓고 그것만 먹고 살아 왔던 게 후회돼. 그 맛이 이 세상에 전부인 것처럼 알고 살아버린 지난날. 되돌릴 수도 없고."

"메뉴가 많았을 때 하나씩 맛보고 경험해보고 어떤 게 가장 맛있고 내 몸에 좋은건지 잘 찾아볼 걸 그땐 왜 그랬을까?"

"우리가 맛보지 못한 그 메뉴들은 어떤 맛이었을까?"

"왜 많이 할 수 있었던 지난날 왜 우린 아무것도 하지 못했을까?"

늦여름의 끝자락 나와 내 친구는 이제 뭘 골라야 할지 고민도 할 수 없는 텅 빈 메뉴판을 들여다보며 지난날을 후회하고 있다.

다시 젊은 날의 꽉 채워진 메뉴판을 가진다면 절대 하나만 골라 먹지 않으리.

젊은 그대들이여.

고를 수 있는 메뉴가 많을 때 이것저것 다 시켜서 조금이라도 맛보길.

행복하자

"안 할 걸 그랬어"

"시작도 하지 말걸 그랬어"

"그때 왜 그랬을까"

다시 열어보고 싶은 책장의 한 페이지처럼 왜 자꾸 '후회'라는 이름의
클립을 꽂아두는지 모르겠어.

인생의 마지막 페이지에서 돌아볼 수 있는 순간들이 모두 아쉬웠던
순간들이면 억울해서 어떡해.
몇 줄 남지도 않은 그 마지막 페이지에 '나 참 후회 없이 자알~ 살았다'
해도 모자랄 텐데.

"해보길 잘했어"

"시작해보니 참… 이런 일도 있더라"

"그때 그러지 않았으면 지금도 없지 않을까?"

행복하자 우리.

에필로그: Life is S3.B.H.U

이대로 사는 게 괜찮은 건가?
난 어떻게 살고 있지?
이런 고민들이 갑자기 훅 하고 들어올 때
외로운 미식가는 생각을 했다.

삶은 달달 sweetness 하기도
시큼 sourness 하기도
짜기 saltiness 도 하면서
쓰기 bitterness 도 하다.
가끔 눈물이 쏙 빠지도록
맵기 hot taste 도 하지만
거부할 수 없는 감칠맛 umami 을

느끼게 해줘서 그래도 사는 게
재밌다는 생각이 드는 것 같다고.

이 세상의 외로운 미식가들에게
알려주고 싶은 비밀공식.

"Life is S3.B.H.U"

그래도
인생은 맛있다.

- 윤시윤 드림

외로울 때 꺼내 먹는
한 끼 에세이

외로운 미식가

초판 1쇄 발행. 2016년 2월 15일

지은이. 윤시윤
펴낸이. 손정욱
마케팅. 라혜정·홍슬기
관리. 김윤미
표지 디자인. 이은혜
내지 디자인. 이혜진

펴낸곳. 도서출판 답
출판등록. 2015년 2월 25일 제 312-2015-000063호
주소. 서울시 마포구 포은로 56. 2층
전화. 02 324 8220
팩스. 02 3141 4934

가격. 13,000원

ISBN 979-11-954949-7-2 03800

이 도서의 국립중앙도서관 출판예정도서목록(CIP)은
서지정보유통지원시스템 홈페이지(http://seoji.nl.go.kr)와
국가자료공동목록시스템 (http://www.nl.go.kr/kolisnet)에서
이용하실 수 있습니다. (CIP제어번호: CIP2015033774)